AF308535

Noire Mafia

©2022. EDICO
Édition : JDH Éditions
77600 Bussy-Saint-Georges. France

Imprimé par BoD – Books on Demand, Norderstedt, Allemagne

Illustration couverture : Yoann Laurent-Rouault (*Cat's Society*)
Réalisation graphique couverture : Cynthia Skorupa

ISBN : 978-2-38127-227-6
Dépôt légal : janvier 2022

Le Code de la propriété intellectuelle n'autorisant, aux termes de l'article L.122-5.2° et 3°a, d'une part, que les copies ou reproductions strictement réservées à l'usage privé du copiste et non destinées à une utilisation collective , et d'autre part, que les analyses et les courtes citations dans un but d'exemple et d'illustration, toute représentation ou reproduction intégrale ou partielle faite sans le consentement de l'auteur ou ses ayants droit ou ayants cause est illicite (art. L. 122-4).
Cette représentation ou reproduction, par quelque procédé que ce soit constituerait une contrefaçon sanctionnée par les articles L. 335-2 et suivants du Code de la propriété intellectuelle.

Pierre Vaude

Noire Mafia

Roman suspense

JDH Éditions
Black Files

À toutes celles et ceux qui liront ce livre !

1

— Je vais lui faire une jolie fête !

Emma exultait, Abby fêterait bientôt ses onze printemps.

Abby était née très loin de l'Hexagone, à l'autre bout de l'Afrique, au Tambo Memorial Hospital, la meilleure et la plus cotée des maternités de Johannesburg… Capitale où elle avait grandi jusqu'au drame qui avait frappé la famille. Cet anniversaire serait le troisième à être célébré en France.

Au pays de l'apartheid, Anton Retief, le papa d'Abby et mari d'Emma, était un policier blanc sans histoire, jusqu'à ce qu'il devienne la cible d'une fratrie indigène. C'était un flic comme on en rencontrait beaucoup à cette période. Un gradé inflexible du Service spécial de la Task Force, nostalgique de l'apartheid, qui ne mâchait pas ses mots et ne manquait jamais une occasion de le faire savoir. Le style d'officier qui ne digérait pas qu'on remplace des policiers blancs et chevronnés par des recrues noires sans autres qualifications que leur couleur de peau. La politique des quotas obligeait un recrutement massif de noirs, malheureusement pour la plupart sans expérience. Anton n'acceptait pas ce nouvel ordre des choses. Pour protester, il intégra un groupuscule d'officiers contestataires, embrigadement remarqué et très mal vu par la communauté noire.

Rien de bien compromettant, mais la malchance voulut qu'il fût le responsable d'une bavure policière, le genre de faute dont un policier ne se relève pas sans de solides appuis.

Un soir d'été, veille du week-end, Anton rentrait à son appartement de centre-ville dans son cabriolet Volvo tout neuf. La fenêtre ouverte et le bras à la portière, en civil mais armé, il patientait au dernier feu rouge de l'avenue menant chez lui.

Quand, sorti d'un énorme bosquet d'aloès, un colosse noir bondit en hurlant vers sa voiture et l'agrippa des deux mains par le col de la chemise.

— Ton portefeuille, sors ton portefeuille !

Anton tenta de résister, mais l'homme, visiblement sous crack, les forces décuplées, se fit plus menaçant et s'employa à l'étrangler tout en l'insultant.

À cette époque, à Johannesburg, le crack vendu dans la rue était composé de 90 % de cocaïne mélangée à de l'éther éthylique. Vendu bon marché, le plus souvent fumé, les ravages sur la population noire et pauvre des ghettos étaient dévastateurs. En quelques secondes d'inhalation, le cerveau gorgé de coke produisait une euphorie aussi puissante que courte. La descente extrêmement rapide était suivie d'un mal-être profond, difficile à supporter, accompagné d'une agressivité explosive quand les junkies cherchaient à se procurer l'argent d'une nouvelle dose, seul remède pour retrouver l'enfer de leur paradis perdu.

Quand le col de la chemise d'Anton se déchira sous la force du colosse, le policier parvint à se libérer. Le noir se redressa, recula et plongea la main dans sa poche à la recherche de ce qu'Anton prit pour une arme. Se sentant en danger, le policier sortit son pistolet de service, braqua le camé qui, de rage, inconscient du danger, attrapa l'arme par le canon et la tira violemment à lui.

Anton ne sut jamais s'il avait appuyé volontairement ou non sur la gâchette. Toujours est-il que le coup partit. Atteint en pleine poitrine, le cœur traversé de part en part, le géant noir recula de deux pas, et mourut debout, avant de s'effondrer sur le bitume brûlant de l'avenue. Problème pour Anton, on ne trouva qu'un poing américain et une pipe à crack encore chaude dans la poche de son agresseur, un certain Ruwaldo Boroug. La légitime défense n'était plus de mise. Les journaux, dont *Isolezwe*, « L'œil de la Nation », édité en langue zouloue, et le *Beeld*, en langue afrikaans, s'emparèrent de l'affaire et firent souffler un vent de manifestation sur la ville, condamnant le policier.

Au vu de ses états de service et jugé par des pairs suprématistes, Anton s'en tira sans même un blâme, ce qui renforça ses convictions d'impunité et de supériorité de la race blanche. Les deux frères aînés de la victime, délinquants notoires, connus des forces de police, prirent mal la chose et ne cachèrent pas leur soif de vengeance.

Une année passa. Anton, fou amoureux de sa femme et de sa fille, relâcha sa vigilance pour profiter de sa famille. Il acheta une maison en périphérie malgré les conseils de son chef qui lui conseillait de prendre un appartement-terrasse en étage élevé.

Il aurait dû écouter, car le jour anniversaire de la mort de leur petit frère, les deux aînés, Emershan et Allan Boroug, du moins on supposa que c'était eux, car rien ne put être prouvé, débarquèrent en ville.

Rentrant du bureau après sa journée de service, Anton, comme chaque fin de semaine, fit le plein d'essence de sa Volvo en prévision du week-end. Il faisait beau, le travail s'était bien passé. Il avait hâte de retrouver sa femme et sa fille pour préparer l'excursion au Blyde River Canyon prévue pour le dimanche.

Il ne remarqua pas les deux motos qui l'avaient pris en filature à la sortie de la station. Dix minutes après, Anton se garait devant les portes de son garage. Il n'eut pas le temps de descendre pour les ouvrir. Emma, qui jouait avec Abby dans le jardin à l'arrière de la maison, entendit les détonations. Deux à la suite et une troisième quelques secondes après. Elle avait entendu la Volvo arriver et elle pressentit le pire. Anton lui avait fait la leçon concernant les menaces dont il avait été l'objet après le jugement. Elle se retint de courir au secours de son mari et, comme Anton le lui avait fait promettre en cas de coup dur, elle se précipita vers sa fille et l'emmena chez Jena, la voisine, en passant par la porte du jardin.

Par la fenêtre, sa fille blottie dans les bras, elle vit la Volvo arrêtée devant le garage, son mari la tête sur le volant, essayant avec peine d'ouvrir sa portière. Deux noirs de grande stature, encagoulés, le pistolet à la main, se cachaient derrière l'auto.

Elle vit le plus proche soulever sa cagoule pour y voir plus clair et ouvrir le réservoir d'essence. Elle reconnut Emershan Boroug, le frère aîné de l'homme tué par son mari. Il avait été particulièrement menaçant et avait enchaîné les esclandres lors du procès. Son visage haineux lui était resté en mémoire. Paniquée, elle ouvrit la fenêtre et cria pour le faire fuir. Emershan la regarda sans répondre. Un sourire méchant aux lèvres, il agita le chiffon qu'il avait à la main, l'enfonça dans le réservoir et alluma son briquet.

Il la dévisagea encore un long moment, avant de se pencher vers le torchon imbibé d'essence et d'y mettre le feu. Emma confia sa fille à Jena et se précipita pour sortir son mari de la voiture avant que l'habitacle ne s'embrase. La mèche fit son effet avant même qu'elle ne sorte de la maison. Dans un terrible bruit de souffle, une monstrueuse langue de feu s'échappa du réservoir de l'auto, monta d'un coup jusqu'au toit du garage et la voiture explosa, Anton avec.

Les deux frères, déjà à bonne distance, les mains rivées sur les poignées de leurs motos, contemplèrent jusqu'à la fin le terrible scénario qu'ils avaient imaginé.

Le garage en feu, la maison construite en bois, comme la plupart des villas du quartier, suivit de près. En quelques secondes, tout se mit à flamber, alimenté par l'explosion du réservoir de la voiture.

Les portes, les fenêtres, les rideaux, les meubles s'enflammèrent. L'incendie se propagea plus vite qu'un feu de broussaille, les pompiers s'efforcèrent de protéger les villas voisines. En deux heures, il ne resta que des larmes de désespoir accrochées aux yeux d'Emma et de sa fille, des cendres fumantes à la place de la jolie maison familiale. Anton y perdit la vie et trente centimètres de sa taille. Il voulait être incinéré, on dut recommencer.

Règlement de compte, vengeance des Boroug, la police sut très vite qui avait fait quoi. Les alibis des deux frères furent inattaquables, leurs cousins, cousines, tantes et oncles jurèrent qu'ils avaient passé tous ensemble la soirée d'anniversaire en mémoire de Ruwaldo, leur défunt petit frère. La fratrie Boroug comptait quatre garçons et deux filles. Emershan était l'aîné, c'était à lui que revenait le devoir de venger son cadet, il avait juré sur sa tombe qu'il le ferait ; il l'avait fait.

Les Boroug étaient connus des services de police. Allan, le second dans la fratrie, était comme ses frères, un dealer et un consommateur de crack. Il avait écopé de plusieurs séjours en prison pour vol avec violence et était fiché pour ses liens avec la pègre sicilienne[1].

Emma était sûre que l'homme de guet sur la deuxième moto, le soir du crime, c'était lui. Il avait la même stature hors normes et surtout la même gestuelle brutale et maladroite. Si elle avait reconnu Emershan, l'incendiaire, lorsqu'il avait ôté sa cagoule, en revanche, elle n'avait aucune preuve pour accuser le frère qui l'accompagnait. Elle comprit que témoigner et faire emprisonner un seul de la fratrie ne suffirait pas à la protéger. Elle se garda d'avouer ce qu'elle avait vu. Par prudence, elle changea de vie et essaya avec Abby d'oublier. Emershan, lui, ne l'oubliait pas. Conscient qu'elle restait une menace pour sa liberté, il la chercha et découvrit juste avant Noël l'appartement du centre de Johannesburg où elle s'était réfugiée après

---

[1] Dans les années 1980, l'embargo contre le régime raciste de l'apartheid permit à Cosa Nostra de s'implanter durablement dans les affaires du pays. Aujourd'hui encore, la mafia en connexion avec l'île mère administre le business des diamants en essayant de ne pas marcher sur les plates-bandes de 'Ndrangheta, la mafia calabraise impliquée également dans les diamants et spécialisée dans les enlèvements d'enfants.

le drame. Cet appartement, Emma ne l'avait pas choisi au hasard : il était double. Deux studios jumelés en duplex et possédant chacun une entrée et donc une sortie à un étage différent. Son nom de jeune fille ne figurait que sur la porte du palier supérieur, ce fut une sage précaution. Onze mois passèrent sans qu'elle ne soit inquiétée, mais au milieu de la nuit, quelques jours avant les fêtes de fin d'année, elle fut réveillée par des bruits provenant du palier supérieur. Elle couchait avec sa fille dans la partie basse de l'appartement. Elle comprit qu'on essayait de forcer la porte blindée pour rentrer chez elle. Elle réveilla sa fille.

— Abby, lève-toi !

La gosse se réveilla en sursaut. La mort de son père l'avait profondément marquée. Elle gardait de l'incendie un traumatisme qui lui causait de terribles migraines. Depuis, elle dormait mal, refusait de grandir, remettait au lendemain ses devoirs, jusqu'à ce que sa mère se fâche. Elle n'avait plus d'appétit que pour le sucré et les pâtisseries, qu'elle avalait sans retenue. Elle n'était pas retournée à l'école, Emma la faisait étudier. En quelques mois, elle avait pris sept kilos. La boulimie, l'obésité la guettait, et la psychiatre de la famille avait commencé à alerter la maman sur les dangers d'anorexie que développent souvent les victimes de traumas après une phase boulimique.

— Dépêche-toi, Abby !

— Qu'est-ce qu'il y a ?

— Il faut partir !

— Pourquoi ?

Emma ne répondit pas et lui tendit son sac à dos.

— Habille-toi vite et n'oublie pas de prendre ton sac !

— Qu'est-ce que je mets ?

— Ton jean, ton blouson, ne traîne pas !

Emma était déjà repartie dans sa chambre pour finir de s'habiller. Des craquements de plus en plus forts venaient de l'étage, Abby n'arrivait pas à s'habiller. Elle mélangeait ses vêtements, ne trouvait plus son sac à dos. Pourtant, vingt fois, elles avaient répété le scénario d'un départ en urgence. « En cas d'incendie ou de danger, il faut partir le plus vite possible et il vaut mieux être prêt. » Ce n'était pas un incendie qu'elle craignait.

Emma avait mis de côté, dans le placard de sa fille, un sac, des vêtements, une paire de chaussures sans lacets pour quitter en urgence l'appartement. En haut, il y eut un craquement plus fort, puis plus rien. La porte d'entrée avait cédé. Emma respira profondément. Les bruits reprirent, la grosse chaîne de sécurité ne résisterait plus longtemps.

Elle se précipita au pied des escaliers qui menaient à l'étage. À genoux sur la première marche, les mains tremblantes, elle arma le piège qu'elle avait imaginé. Elle s'était préparée à faire face si un frère la retrouvait… mais seule avec sa fille au milieu de la nuit, elle se trouvait bien vulnérable et son système de défense bien dérisoire.

Elle eut du mal à tendre le fil d'acier en travers de la quatrième marche, qui était aussi la onzième en partant du haut de l'escalier en colimaçon. Elle avait maintes fois vérifié, c'était là où la personne qui descendait était lancée et ne regardait plus les marches.

Le fil tendu, elle retourna vers sa fille et l'aida à mettre son blouson de cuir.

— Pourquoi on part en pleine nuit ?

— J'ai entendu des bruits en haut… Dépêche-toi !

— J'ai peur !

— Moi aussi, mets ton sac à dos !

Abby se mit à pleurer. Ses sanglots résonnèrent dans tout l'appartement. Emma la prit par la main. Serrées l'une contre l'autre, la peur au ventre, la mère et la fille entendirent le bruit de la chaîne tomber sur les carreaux de l'entrée, des pas faire grincer le parquet du salon et s'approcher du haut de l'escalier. Emma débloqua la porte palière du bas en priant que personne n'ait dévoilé son stratagème de double entrée. Avant qu'elle ne referme derrière elle, elle entendit quelqu'un se précipiter dans l'escalier, vite suivi d'un juron en zoulou et d'un énorme bruit de chute. Elle espéra que l'intrus se soit fait assez mal pour ne pas se lancer à sa poursuite. Délaissant l'ascenseur, les deux fugitives se précipitèrent dans les escaliers menant au sous-sol où Emma avait loué un garage sous son nom de jeune fille. Elle ouvrit le box avec une clé qu'elle gardait toujours autour du cou. Elle fut rassurée de voir dans l'ombre le gros scooter qu'elle avait acheté d'occasion et garé incognito depuis son arrivée. C'était Frédéric Bezuid, un ami de son mari, le patron de la brigade motorisée, qui lui avait appris à piloter l'engin. Elle n'avait pas encore passé le permis, mais l'urgence prévalait sur la législation. Elle aida Abby à mettre son casque, enfila le sien, les intégraux cachèrent leur visage et leur donnèrent un immédiat sentiment de sécurité. Elle enfourcha le scooter, aida sa fille à monter et démarra en laissant le garage grand ouvert. Elle savait qu'elle ne reviendrait plus, que chaque fuite serait sans retour. Le scooter bondit hors du parking, la rue était déserte, sauf un homme noir, casquette sur les yeux, fumant une cigarette dans une encoignure de porte face à l'immeuble. Emma frissonna, accéléra trop fort, le Yamaha se cabra, Abby eut un petit cri, accrochée à sa mère comme à une bouée de sauvetage.

Dix minutes plus tard, elles se réfugiaient au Metropolitan Police Department du centre-ville, qui envoya une horde de fonctionnaires en armes à l'appartement. À leur grande surprise, les policiers retrouvèrent l'aîné de la fratrie Boroug, Emershan, gisant à l'étage inférieur dans une mare de sang, le crâne disloqué. Personne ne demanda à Emma la raison de la présence des gros moellons au pied des marches… Moellons empilés à la distance idéale pour qu'un homme qui, à la onzième marche, les pieds pris dans un invisible câble d'acier, bascule de tout son poids, avant de s'y fracasser le crâne. La mère et la fille passèrent la nuit dans le même lit chez Frédéric Bezuid, le capitaine de police, ami de son mari.

Le matin, les deux amis attablés face à face devant leur breakfast, le policier ne put s'empêcher de la questionner.

— C'est toi qui as tendu le fil dans l'escalier ?

Emma se raidit devant sa tasse de thé.

— C'est interdit ?

— Pas le moins du monde, d'autant qu'il a dû te sauver la vie !

— C'est quel frère ?

— L'aîné, on en est sûr maintenant, Emershan, un dealer, mais surtout un voyou qui commençait à prendre de la place !

— Il est mort ?

— Pas encore, mais s'il en réchappe, il sera en petite chaise…

— Qu'est-ce qu'il a ?

— Il s'est explosé le crâne et les cervicales sur tes moellons.

— Il était seul ?

— Son frangin montait la garde à l'extérieur, il s'est carapaté quand on est arrivé !

Emma répliqua avec une froideur que Frédéric ne lui connaissait pas.

— Emershan, c'est un de moins, mais il en reste deux.

— Oh ! je crois qu'ils auront compris la leçon.

Elle haussa les épaules et ne répondit pas. Comment savoir ce qu'il se passait dans leur tête.

— Tu l'as fabriqué toute seule ?

— Quoi ?

— Le fil d'acier, le piège…

La jeune veuve fixa Frédéric d'un regard qui ne cillait pas.

— C'est mon mari qui m'a expliqué…

— Pas facile de faire plus simple…

— Anton avait vu ça chez un trafiquant, j'ai ajouté les moellons.

— Ç'a été efficace, Emershan s'y est cassé le cou, si tu voyais les photos…

Son mari assassiné, Emma restait seule pour protéger Abby, elle le ferait jusqu'au bout comme elle l'avait promis à Anton, les deux mains crispées sur le cercueil, le jour des funérailles. Frédéric se leva pour se faire un café ; le dos tourné, il jeta :

— Ça ne marchera pas à tous les coups !

Elle attendit qu'il se retourne.

— Je trouverai autre chose !

Elle avait prononcé ces derniers mots, le regard brillant, la bouche haineuse déformant son beau visage, et le policier, tout policier qu'il était, en eut froid dans le dos. Il se dit qu'il ne voudrait pas être son ennemi. Il posa la cafetière sur la table, il n'avait plus envie de café. Avant de partir au travail, il ouvrit un tiroir, lui montra un pistolet chargé, sécurité enlevée.

— Tu n'ouvres à personne d'autre qu'à moi. Si quelqu'un essaye de forcer la porte, tu ne discutes pas, tu tires !

Les jours suivants furent pénibles. Cloîtrées dans l'appartement de Fred, la mère et la fille furent infernales l'une pour l'autre. Les nuits, Emma ne réussissait pas à dormir, elle entendait des bruits, se levait pour vérifier qu'Abby était dans son lit, que personne ne tentait d'entrer. Frédéric faisait ce qu'il pouvait pour la rassurer, lui tenir compagnie. Après avoir réfléchi, retourné toutes les solutions envisageables, Emma se rendit compte que la seule manière de mettre sa fille à l'abri était de fuir Johannesburg. Elle en parla à Frédéric, qui l'en dissuada.

— N'y pense même pas, s'ils veulent te retrouver, ils te retrouveront, au Cap, à Durban, ou pire, dans une petite ville, et je ne pourrai pas te protéger !

— On ne va pas rester enfermées !

— Pour l'instant, ici avec ta fille, tu es en sécurité, c'est le plus important !

Emma hocha la tête, mais ne lâcha pas. Le lendemain, après une nuit sans sommeil, elle prit la décision qui allait changer sa vie et celle de sa fille. Frédéric protesta, trouva l'idée déplorable. Fâché, contrarié, il les escorta jusqu'à l'aéroport où elles prirent un avion pour Le Caire, un deuxième pour Stuttgart, un troisième pour Roissy-Charles-de-Gaulle.

La France, Paris, n'était pas le fruit du hasard. La maman d'Emma, Jeanne-Camille, décédée quelques années plus tôt au Cap, était française. Elle s'était mariée à un Afrikaner d'origine hollandaise rencontré à Nanterre où elle terminait sa licence de lettres modernes et lui ses études de droit. Enceinte, elle l'avait suivi en Afrique du Sud. Les deux amoureux s'étaient mariés au Cap. Le couple avait élevé leur fille unique dans la mémoire de leurs origines. Le père lui parlant afrikaans, Camille en français, tout en utilisant l'anglais, la langue officielle du pays entre eux.

Emma, parfaitement trilingue, avait reproduit cette éducation et continué avec Abby. La jeune fille était aussi à l'aise dans la langue de Shakespeare que dans celle de Molière. Dès lors, l'option France pour pays d'accueil tombait sous le sens. C'était sans doute facile à deviner, mais elle se persuadait que les frères Boroug n'auraient ni l'envie ni les moyens de franchir la distance. Jouer les vengeurs dans un pays étranger éloigné de 9 000 kilomètres, où l'on ne connaît personne, demande une logistique plus pointue que d'enfourcher sa moto de trial pour aller assassiner dans le quartier voisin.

Arrivée avec un visa de tourisme au pays des droits de l'Homme, Emma demanda le droit d'asile régi par le Code de l'Entrée de l'époque (*CESEDA), juste avant qu'il ne soit remanié et durci. Il ne restait qu'à faire valoir son master de droit des affaires internationales, quitte à reprendre une formation universitaire pour se familiariser avec le droit européen. À Johannesburg, elle avait exercé son métier de juriste jusqu'à sa grossesse. Après la naissance d'Abby, elle s'était plus ou moins arrêtée pour se consacrer à sa fille, mais le droit étant en perpétuelle évolution, elle n'avait jamais lâché ses bouquins ni abandonné les formations. Une clientèle afrikaner l'appelait toujours pour des missions où son sérieux et ses compétences étaient appréciés. Reprendre son job à Paris lui demanderait de travailler dur pour se mettre au niveau des juristes français, mais c'était la condition pour repartir dans une nouvelle vie, apporter une éducation solide à Abby et assurer sa sécurité.

À Paris, le temps fit son œuvre. L'Afrique du Sud et ses dangers s'éloignaient à mesure que les mois défilaient. Emma n'oubliait pas son mari, mais faisait en sorte que son souvenir soit moins traumatisant pour sa fille. Elle avait des nouvelles du pays par Frédéric. Elle n'oubliait pas non plus que les frères Boroug lui en voulaient à mort ; le fil d'acier, les moellons ne les avaient pas laissés indifférents. Emershan, l'aîné, s'en était mal sorti, la mâchoire et les cervicales mal ressoudées, paraplégique, le caïd fumait du crack sur sa chaise roulante en rêvant de vengeance.

Emma demanda un visa de travail et entreprit les démarches au « Service des équivalences de la Communauté française » à Bruxelles pour valider ses diplômes. Elle reçut, trois mois après l'envoi, une confirmation de réception. Elle relançait chaque mois par mail et téléphone, on lui répondait d'être patiente. En attendant, il fallait se nourrir, se loger, s'habiller, payer les livres et la cantine de l'école. Sans officialisation de ses diplômes, ses courriers de candidature restaient lettre morte, une place de stagiaire l'aurait fait sauter de joie. Ses économies, l'assurance de son mari, sa réversion de retraite fondaient lentement comme glace au soleil. Elle prit son mal en patience jusqu'au jour où elle reçut une lettre anonyme.

On t'oublie pas !

Des mots tapés en langue zouloue, sortis d'une imprimante lambda… rien d'autre, pas de signature, pas de menaces concrètes. La lettre, une feuille pliée en quatre et jetée dans sa boîte aux lettres, en étant une en elle-même. L'auteur, en utilisant le zoulou, ne pouvait être qu'un Sud-Africain. Le message était clair, c'était un membre de la famille des frères Boroug.

Comment avaient-ils pu la retrouver si loin… Ce fut un coup terrible, tout ce qu'elle tentait de construire s'effondrait une nouvelle fois.

Terrorisées, la mère et la fille firent les valises dans la soirée, chargèrent la Mini qu'Emma venait d'acheter et descendirent en catastrophe se perdre sur les routes de l'Hexagone. Lyon d'abord pour se restaurer, Toulouse ensuite pour dormir, et finalement Pau. Cette ville de Nouvelle-Aquitaine perdue au cœur du Béarn où la jeune femme était sûre de ne connaître personne. La proximité de l'Espagne et d'Andorre était rassurante. S'il fallait s'enfuir à nouveau, autant qu'elles soient proches d'une frontière.

Pour rompre définitivement avec leur passé, elles vécurent un an, terrées dans un appartement du quartier Saragosse, rue Pasteur-Cadier. Les loyers étaient raisonnables et personne ne viendrait les y chercher. Emma faisait l'école à sa fille, lui apprenait l'espagnol et sortait le moins possible, évitant de se lier avec le voisinage. Ce ne fut pas facile, mais elle cessa toute correspondance avec l'Afrique du Sud. La fuite sur sa localisation parisienne ne pouvait venir que de Johannesburg. Même Frédéric, tout chef de police qu'il était, ne sut jamais où elles se cachaient.

Ce n'est que la deuxième année qu'Emma osa s'installer définitivement dans la ville d'Henri IV.

Elle acheta, avec l'argent de l'assurance de la maison de Johannesburg, le premier étage d'un ancien atelier en fond de cour. Le bâtiment, au cœur du quartier Hedas dans la ville basse, appartenait à Salomé et à son mari Djuran, de vrais gitans, rencontrés dans une exposition de peintres au château de Pau. Ils vendaient l'étage pour rénover le rez-de-chaussée où ils logeaient.

Elle inscrivit sa fille au collège de Sainte-Ursule sous son nom de jeune fille. Logée mais sans autres revenus que la pension de son mari, elle postula sur LinkedIn. Tout d'abord comme secrétaire bilingue sans mentionner son passé de juriste, se méfiant des moteurs de recherche qui sont de redoutables agents de renseignements. L'annonce ne donna rien, pas une réponse. Elle changea l'annonce, et de secrétaire, elle devint traductrice, anglais-français, mais là non plus, pas de réponse.

Déçue, frustrée, elle faillit abandonner. Ce n'est qu'après quelques jours de grosse remise en question qu'elle fit une tentative de dernière chance. Elle mit une annonce sur la « République des Pyrénées » comme « *Accompagnatrice bilingue* », se doutant des réactions que cela engendrerait. Elle ne fut pas étonnée du nombre de réponses dès le premier jour de parution. Toute la semaine, le répondeur répondit à sa place. Les messages étaient tous du même style, des hommes d'affaires pour la plupart qui demandaient une adresse mail pour correspondre et plus si affinités. Elle rappela une femme, Karen Moustier, qui avait laissé un message portant deux interrogations : *Êtes-vous vraiment bilingue ? Avez-vous une formation supérieure ?*

— Bonjour, Madame Moustier, je suis Emma, vous avez répondu à mon annonce d'accompagnatrice parue en début de semaine…

— Ah oui, sur la République des Pyrénées, je me souviens… Bonjour !

— Vous me demandiez si j'étais réellement bilingue… La réponse est oui, je peux travailler, parler et traduire dans les deux sens, anglais-français, avec une préférence pour le thème, ayant été élevée en pays anglophone…

Karen Moustier la coupa.

— Très bien, avez-vous fait des études universitaires, une grande école ?

— J'ai un master 2 en droit des affaires internationales…

Il y eut un grand silence qu'Emma n'osa troubler ; Karen s'éclaircit la voix.

— Et vous voulez être accompagnatrice, expliquez-moi ce grand écart !

— Mes diplômes ne sont pas reconnus en France, j'ai déposé une demande d'équivalence, j'attends…

— De quel pays venez-vous ?

— Pardon ?

Emma hésita avant de répondre et, prudente, lança :

— … De Nouvelle-Zélande…

— Ah oui, c'est très loin…

— Vous recrutez des accompagnatrices, pouvez-vous m'en dire plus ?

— Je recrute des femmes, bien sous tous rapports pour réceptionner des hommes d'affaires étrangers et importants lors de leurs déplacements professionnels sur Toulouse-Mérignac.

— Ok, pourquoi pas…

— Et ensuite pour les emmener en week-end sur Cannes, Nice, etc., le tout all inclusive…

— C'est un job d'agence de voyages ça ?

— Pas vraiment. Comment êtes-vous physiquement ?

— Bien, enfin, normale… Pourquoi ?

— Pouvez-vous me passer votre numéro de portable que je vous appelle en FaceTime ?

Emma, qui espérait encore, n'eut plus de doutes sur la véritable prestation que cette femme demandait aux accompagnatrices. Elle hésita pourtant avant de répondre, et ce fut avec une sorte de regret intérieur.

— Désolée, mais je crois que ce ne sera pas possible pour moi…

— Réfléchissez, c'est très bien payé…

D'un geste brusque Emma raccrocha et jeta le téléphone sur le divan comme s'il lui brûlait les mains. Elle avait failli accepter.

Cet aveu s'inscrivit comme une vilaine griffure dans l'image qu'elle avait d'elle. Comment avait-elle pu envisager un seul instant d'accepter ce job ? Sa précarité était-elle aussi terrifiante qu'elle lui faisait renier toute morale ?

Elle sortit de son appartement et l'air frais lui fit du bien. En marchant, elle se souvint d'un passage de *Crimes et châtiments* : « *Dans la pauvreté, vous pouvez conserver la noblesse innée de votre cœur ; dans la misère, personne n'en est jamais capable.* »

Elle se dit que Dostoïevski n'avait peut-être pas tort.

La semaine suivante, un gérant d'entreprise, Simon Dardi, patron d'une fabrique paloise de capteurs de pression, la contacta par mail. Il était contraint de remplacer au pied levé sa secrétaire et traductrice enceinte de sept mois, hospitalisée, car menaçant d'accoucher avant terme. Il lui restait trois jours pour finaliser un dernier rendez-vous de travail à Londres avec d'importants clients. Son anglais technique de bon niveau n'était pas suffisant pour soutenir une conversation pointue, encore moins pour rédiger les termes d'un accord. Il lui fallait une bilingue pour que rien ne lui échappe. Emma sauta sur le téléphone ; enfin, elle tenait quelque chose de sérieux.

— Monsieur Dardi, je viens de lire votre mail, si je vous conviens, je suis disponible.

— Bonjour Madame, si vous êtes une excellente traductrice à l'oral comme à l'écrit, nous pourrons nous entendre.

— Je ne suis pas traductrice de formation, mais en revanche, je suis totalement bilingue.

— Quelle formation avez-vous ?

— Je suis juriste en droit international…

— Juriste, mais c'est exactement ce qu'il me faut, je vais à Londres pour négocier un important contrat.

— Je peux vous aider pour la rédaction…

— Ce serait une bonne chose, je suis pris par le temps, ma secrétaire a…

— J'ai lu votre mail, j'espère que tout se passera bien pour elle…

— Je ne suis pas franchement inquiet, il lui faut du repos… Elle est d'accord pour m'aider si j'ai besoin…

— Si ma candidature vous va, comment voulez-vous que nous procédions ?

Ils se mirent d'accord et, le soir même, Simon Dardi lui envoya par mail les projets de contrats. Elle y passa la nuit et les lui renvoya au petit matin. Patron prudent, il fit vérifier le résultat par la future maman sur son lit de la Polyclinique de Navarre. Rassuré sur les compétences de sa candidate, il lui proposa un salaire décent et l'emmena le surlendemain par le premier avion de la matinée à Londres.

Le voyage d'affaires fut concluant, Emma et Simon Dardi revinrent avec le sourire. Il la prit en intérim le temps du congé maternité de sa secrétaire. Il était fort satisfait, car non seulement sa nouvelle recrue maîtrisait parfaitement l'anglais et le français, mais elle avait ce quelque chose en plus qui séduisait ceux qui l'approchaient. Sa connaissance du droit international lui permettait de lire entre les lignes des contrats, décelant les pièges, les nuances hasardeuses. Les mois passèrent ; au retour de sa secrétaire, Dardi, en bon patron, conscient qu'il devait aider Emma, lui obtint d'autres contrats dans le monde de l'industrie paloise. C'est ainsi qu'elle devint la consultante freelance de quelques sociétés locales. Notamment de Zacharie Farrell, dit Zach le Grand, qu'elle impressionna par son extrême compétence lors d'une réunion portant sur un projet de cession tripartite. Farrell, en disgrâce auprès du fisc français, voulait vendre des murs commerciaux situés au cœur de la ville, mais sans en payer la plus-value. Emma, en juriste avisée, transforma l'acquisition en location sur 99 ans. Le bail dit emphytéotique était lié à une promesse de vente, dont le premier loyer correspondait à 98 % du prix principal. Résultat de l'opération : pas de levée d'hypothèque, pas de levée fiscale, ni de plus-value comme dans une vente.

L'homme d'affaires apprécia et jaugea la jeune femme comme on évalue un animal de concours. Homme fort sur la place de Pau, en cheville avec des affairistes du bassin méditerranéen, des investisseurs russes brassant dans l'immobilier de luxe, il recrutait des juristes hors pair pour organiser son installation en Andorre. Emma avait besoin de travail et de sécurité. Franchir une frontière lui convenait parfaitement.

Simon Dardi, à qui elle en avait parlé, n'avait pas été enthousiaste, il lui avait dit de se méfier de cet opportuniste, proche du milieu, tout nouveau propriétaire d'un pub et d'une boîte de nuit en Andorre.

Zach le Grand n'était pas qu'une canaille en col blanc, c'était aussi un pervers narcissique, un asexuel sadique qui n'admirait que lui. Mais il y avait quelque chose de fascinant chez lui quand il avait décidé de vous convaincre. Il lui fit briller les avantages qu'elle obtiendrait en emménageant en Andorre avec sa fille, surtout si elle ajoutait à ses compétences linguistiques et de droit international un soupçon d'accompagnement plus poussé. Emma comprit sans peine où il voulait en venir.

Elle se souvint de sa conversation avec Karen Moustier, de sa réaction épidermique et, curieusement, cette fois, elle ne fut pas choquée par la proposition.

Elle demanda à réfléchir.

Depuis son départ précipité de Paris, elle raisonnait en termes de survie, en mère, en louve blessée, et vivait de plus en plus difficilement sa précarité. Elle se persuada que ses compétences lui éviteraient d'aller plus loin que sa morale.

Sensible aux conditions financières, elle le fut encore plus à la protection que cet homme puissant lui apportait à un moment où elle s'y attendait le moins.

Elle était prête à en payer le prix…

Elle paya le prix et plus encore le soir même de leur accord.

2

Zacharie Farrell passait pour redoutable en affaires. Sexagénaire séduisant, il nageait avec aisance dans le monde de la nuit et de l'immobilier d'exception. Il avait trempé dans plusieurs scandales de mœurs, soirées où se côtoyaient politiques, financier et call-girls. Son brusque départ en Andorre n'était pas sans raison. Soupçonné d'avoir obtenu, à coups de pots-de-vin et de chantage, des permis de construire sur des terrains inconstructibles en bord de mer, il s'en était sorti, mais avait préféré, ses arriérés fiscaux aidant, se mettre au vert.

En vingt-cinq ans de combines lucratives, Zach le Grand avait amassé une jolie fortune avant de se payer le club de ses rêves, « Le Pub », et dans la foulée une boîte de nuit, « Le Trinqueta », le tout au centre d'Andorre-la-Vieille. Il restait discret sur ses affaires immobilières et son réseau d'avocats destinés à apporter à une clientèle étrangère peu regardante, un plus concret et décisif. Sa société organisait les séjours, les réunions, les dîners de travail avec les clients. Il n'y avait pas de place pour l'improvisation.

Peu de juristes pouvaient prétendre travailler pour Farrell. Le niveau de culture et de compétence y étant très élevé. Il fallait le flair, la clairvoyance des meilleurs pour valoriser les avantages fiscaux, économiques, financiers, pour remporter la partie. Tout était mis en œuvre pour avoir un coup d'avance et ne pas décevoir les donneurs d'ordres. « Tout ! » avait mis l'accent sur « tout ».

Les contrats ne prévoyaient pas pour autant d'aller plus loin que la bienséance ne l'autorisait, du moins ce n'était pas écrit.

Emma avait parfaitement compris quand il lui avait demandé, au beau milieu de son entretien d'embauche, si elle était homo ou hétéro, voire les deux. Elle avait hoché la tête pour le dernier qualificatif, estimant que c'était le plus adapté à la situation.

Pour plaire et obtenir la confiance, avait-il expliqué, il faut jouer dans le même registre que le client. Sauf exception, on allie les sensibilités morales, religieuses, physiques et bien évidemment les penchants sexuels.

— Un homme qui bande, avait-il lancé, perd de sa capacité à réfléchir… Une femme qui…

Elle l'avait coupé :

— J'ai compris…

Il avait eu une moue de contentement, avait plissé les yeux.

— C'est exactement ce que je veux de vous, comprendre vite…

Content de son effet sur la jeune recrue, encore surprise de la crudité du vocabulaire, il avait ajouté :

— Après, les promesses n'engagent que ceux qui les croient !

Il avait eu ce sourire de carnassier qu'il prenait quand il se sentait puissant. Emma avait parfaitement compris l'importance des échanges de phéromones préconisée par son futur patron. En revanche, elle avait tiqué sur une clause du contrat pour le moins léonine, qui indiquait que l'employée n'était pas en couple et s'engageait à ne pas le devenir. Farrell lui expliqua qu'il craignait plus que tout, les confidences sur l'oreiller, des secrets qui n'en étaient plus quand les gens se séparent.

— Bon, rassurez-vous, ça n'exclut pas une liaison de passage, une aventure… mais pas plus…

Elle accepta, ça ne la gênait pas. Affectivement, sa fille lui suffisait, elle n'avait que faire d'un amoureux. Elle décrochait à l'arraché un job que peu de femmes pouvaient assumer, son avenir ne dépendait plus que d'elle.

Il l'avait tutoyée dès la signature de son contrat d'embauche ; paternalisme, avait-elle pensé, aussi la différence d'âge. Emma avait passé la trentaine, Zacharie Farrell en accusait le double.

Après un mois d'observation mutuelle, il lui confia une vente immobilière classée délicate, mais sans réelles difficultés, rien de compliqué sur le papier.

— C'est un bon dossier… Sois calme et professionnelle !

— Ne vous en faites pas, je connais bien le droit immobilier…

— Ça ne suffira pas…

— Comment ça ?

— Il te faudra de véritables talents de négociatrice pour tenir le prix… Tu n'as pas affaire à un particulier lambda qui achète l'appartement de ses rêves…

— Je saurai faire…

— Parfait… Méfie-toi, les avocats russes sont bruts de décoffrage, ils décortiquent ligne par ligne les contrats de vente.

— J'en ferai autant…

— En revanche, ils ne feront pas le voyage Moscou-Paris pour rien…

— Ce qui veut dire ?

— Qu'ils feront en sorte de ne pas repartir les mains vides…

— Noté, je suis quoi pour eux ?

— Tu es le conseil mandaté par la société venderesse, rien de plus, rien de moins !

— Et s'ils refusent de signer ?

Zacharie eut un haussement d'épaules ; visiblement, il n'envisageait pas un échec.

— Ça n'arrivera pas !

— Un accident de parcours, un report…

Il la coupa.

— Tu rates le deal avec les Russes, tu perds ta commission et ton job !

Elle ne baissa pas la tête.

— Ok, je m'en souviendrai !

Il eut un sourire en enfonçant le clou.

— Pas de signature, pas d'avenir chez moi !

Emma n'avait pas les moyens d'échouer. Farrell savait qu'elle ferait tout pour réussir. Elle s'envola vers la capitale et débarqua au Sofitel Paris Le Faubourg avec la rage de vaincre au ventre. Elle connaissait le dossier sur le bout des ongles. C'était le projet de vente d'un immeuble dans le XVe, appartenant à une importante société espagnole désireuse de rapatrier ses capitaux en Catalogne. Elle monta dans sa chambre et se prépara.

Elle préféra un maquillage léger pour mettre en valeur ses yeux, un rouge à lèvres carmin pour sa bouche. Elle s'essaya à sourire dans le miroir de la salle de bains et se trouva belle. Si sa robe ne montrait rien, elle révélait toute sa féminité. Elle espérait que les avocats russes, des hommes avant tout, n'y seraient pas insensibles.

Le dîner et la réunion qui suivit ne furent pas très encourageants. Les Russes la jouaient brutale et sans concession. Ils voulaient une diminution du prix, mettant en avant des travaux de réfection qu'ils ne feraient jamais. Emma savait qu'ils achetaient pour proposer à la découpe chaque appartement qui, dans ce quartier, se revendrait avec une forte plus-value. La marge était confortable et ils n'avaient aucune raison de ne pas accepter le marché. Elle repensa aux propos de Farrell : « Ces gens-là ne font pas le voyage pour rien. »

Elle tint bon, même quand Vladimir, l'un des deux avocats moscovites, menaça de rompre les négociations. Elle demanda une heure de réflexion, fit monter du champagne dans leur chambre et sortit se promener dans les rues de Paris. Quand, deux heures après, elle revint à l'hôtel, les avocats l'attendaient dans le hall, ils se précipitèrent vers elle.

— Mais où étiez-vous ? Nous vous avons cherchée dans tout l'hôtel.

Emma fit semblant d'hésiter et lança sur un faux ton de sincérité :

— J'avais un important coup de fil à donner !

Il y eut un grand silence.

— Vous avez d'autres acquéreurs ?

C'était Vladimir qui la questionnait, c'était lui, le décisionnaire, lui, qui tenait la bourse de son mandant. Elle en était sûre désormais, il avait bien caché son jeu lors des discussions. Elle joua la négociatrice prise en faute, baissa le regard.

— Ça, cher Monsieur…

Vladimir la prit par la main et l'emmena s'asseoir à une table en retrait.

— Reprenons, voulez-vous !

Ce n'était pas une question, Emma comprit que la pression avait changé de camp et elle entreprit de séduire Vladimir qui la couvait des yeux depuis le début des entretiens. Il fallait qu'elle lâche quelque chose pour qu'il cède sur le prix et ne perde pas la face ; elle accepta une condition suspensive de peu d'intérêt, rougit joliment sous une avance déguisée. L'homme d'affaires était distingué, courtois, son confrère n'avait rien de repoussant, elle sut quoi répondre, sachant quoi donner.

Elle sortit au petit jour du Sofitel Paris Le Faubourg et eut juste le temps d'attraper Orly et le vol la ramenant en Andorre via l'Espagne. À trente mille pieds, un bandeau sur les yeux, elle s'endormit sur son trop confortable siège de première classe, la serviette contenant la promesse de vente signée serrée contre elle.

Zach le Grand était content, cela se voyait à sa mine réjouie, à son regard brillant d'excitation. Il ne lui demanda pas comment elle était arrivée à ses fins, seul le résultat comptait pour cet homme de pouvoir, étranger à tout scrupule.

— Notre Catalan m'a appelé ce matin, il est très satisfait de ton concours dans cette vente et du maintien du prix. Il te félicite. Il ne pensait pas que les Russes accepteraient sans discuter.

— Ils ont discuté…

Farrell plongea son regard dans les yeux d'Emma.

— Et alors ?

— J'ai fait ce qu'il fallait pour les convaincre !

Elle s'attendait à avoir un peu d'empathie, c'était mal le connaître ; il eut un sourire, leva le bras droit, balaya d'un revers théâtral de manche son sous-main.

— L'important est que tu y sois arrivée, à la verticale ou à l'horizontale !

C'était la première fois qu'il l'humiliait ainsi ; il se leva avec ce sourire de patron sûr de lui, se dirigea vers le coffre-fort dissimulé derrière une huile d'André Brasilier, cinq chevaux au galop sur fond bleu. Il composa les numéros, tourna la clé et en retira une enveloppe kraft. Il se rassit à son bureau et la tendit à Emma, qui dut se lever de son fauteuil pour aller la chercher.

— Ce qu'on avait convenu…

Son regard se fit plus intense quand il lança d'une voix doucereuse :

— Tu vas pouvoir partir ce week-end te reposer et gâter ta fille !

C'est à cet instant précis qu'elle sut que l'homme d'affaires l'avait piégée, que sa protection l'obligeait à une fidélité totale. Le CDI était bien à durée indéterminée et lui seul pouvait y mettre fin. Elle prit l'enveloppe que son patron ne lâchait pas. Il la regarda dans les yeux et lui lança :

— Dès lundi, j'ai une autre affaire pour toi !

Elle hocha la tête, il desserra les doigts.

Farrell lissa sa moustache d'un doigt ; il avait bien jugé Emma et en tirait une grande satisfaction, manipuler lui procurait une jouissance intellectuelle et sexuelle. Le pouvoir agissait sur lui comme un puissant aphrodisiaque et déclenchait chez lui une érection qu'il aimait, mais qu'il avait du mal à contrôler. Il était le maître et ne supportait pas la contradiction. Sa soif narcissique lui ôtait tout sentiment de pitié, ou de compassion. Il disposait de ses employés comme des pions d'un échiquier. Le roi, c'était lui. Il avait besoin d'être admiré, et plus encore par ceux qu'il humiliait.

Emma, il l'avait recrutée pour sa classe naturelle, sa beauté doublée de ses compétences professionnelles. Il était conscient que ce job alliant protection et finances était une véritable chance pour elle et sa fille, qu'elle ferait tout pour le garder. Il n'ignorait rien de son dramatique passé à Johannesburg et savait qu'elle n'avait d'autre choix que de marcher droit. Il était le seul à pouvoir les protéger de ceux qui la cherchaient.

Il avait raison, non seulement elle avait fait le job avec brio, mais elle était prête à reprendre du service, ce succès lui donna des frissons dans les reins. Il pensa que le jour où elle rechignerait, il saurait utiliser son amour maternel pour la ramener dans ses filets. Il la regarda comme on regarde sa chose et lui tendit deux épais dossiers à couverture de carton.

— Tu étudieras cette cession, premier rendez-vous pour mardi en huit !

Dans l'ascenseur, elle ne put s'empêcher de compter l'argent. C'était plus qu'elle n'espérait, beaucoup plus. Un étrange sentiment de honte et de satisfaction l'envahit, et elle sut en refermant l'enveloppe pourquoi Farrell la payait. Elle courut au Grans Magatzems Pyrénées dans la grande Avenue et acheta son premier mobile à Abby.

Devant la grande glace couvrant tout le fond de son bureau, Zacharie Farrell debout, une main négligemment appuyée sur le dossier du fauteuil où se tenait Emma quelques minutes auparavant, se félicitait encore en pensant à sa nouvelle recrue. Il avait eu le nez fin, les avocates de cette envergure étaient rares.

Régner sur ses contemporains, les dominer lui procurait autant de plaisir que l'argent qu'il en retirait. Le pouvoir était devenu sa marotte, son addiction au quotidien, il lui en fallait toujours plus. Étrangement, il était toujours puceau, n'avait jamais eu de relations sexuelles avec qui que ce soit. Son psychiatre lui avait demandé s'il était attiré par les hommes. Il avait réagi brutalement, nié la moindre attirance homosexuelle. Le toubib qui en doutait lui avait demandé d'analyser froidement ses pulsions. Mais Farrell lui avait affirmé qu'il n'avait aucun goût pour la chose. Ses pulsions ne duraient que de brèves secondes. Le psychiatre avait eu un sourire… En fin de séance, il l'avait raccompagné jusqu'à la porte et lui avait soufflé avant de lui serrer la main…

— Réfléchissez encore !

Zacharie Farrell était persuadé qu'aucun mâle ou femelle ne pouvait lui tourner la tête. Son enfance avait beaucoup pesé sur sa personnalité. Sa mère avait été une femme d'un égoïsme rare. Célibataire, cadre dans un grand magasin de lingerie, elle considérait son enfant plus comme une charge qu'un cadeau du ciel. Zacharie lui vouait une admiration sans bornes malgré ses critiques acerbes sur sa maigreur, sur les dépenses faites pour le nourrir, le vêtir, l'éduquer. Le garçon se fabriqua une carapace pour supporter les humiliations, il se persuada d'être meilleur que tout le monde. Il travailla dur à l'école pour être le premier. Son allure dégingandée et ses succès scolaires le désignaient comme la tête de Turc idéale alors qu'il était encensé par ses professeurs. Après son bac réussi avec mention, il intégra une école supérieure de commerce tout en suivant un cursus de droit. Les cris d'orfraie de sa génitrice qui voyait dans ces années d'études supplémentaires une dépense inutile ne le firent pas céder. Cette confrontation lui apprit à tenir tête à cette matrone castratrice, à la faire descendre de son piédestal. Elle accepta à la condition qu'en fin de parcours, il lui rembourse les frais qu'elle engagerait. Il commença à cet instant-là à la voir sous son véritable jour, et malgré lui, à la haïr. Ce fut son premier passage de l'amour à la haine.

Les années passèrent. Le soir de la remise de son diplôme, apte désormais à gagner sa vie, il attendit que sa rentre à la maison. Avec un plaisir sadique, sans doute la jouissance la plus forte qu'il ait eue à cet âge, sachant que c'était au portefeuille qu'il lui ferait le plus mal, il l'informa à voix douce et en termes choisis qu'il n'honorerait jamais sa dette.

— Tu n'as pas le droit, j'ai payé tes études…

Il n'avait pas claqué la porte en sortant, il l'avait laissée grande ouverte sur les hurlements de sa mère et n'était jamais revenu sur ses pas. Les années avaient passé, il ne l'avait jamais revue. À sa mort, il avait vendu la maison de son enfance sans le moindre regret. Emmaüs était venu chercher les meubles.

Les femmes lui rappelaient sa mère, les rabaisser lui procurait un sentiment de supériorité et une jouissance inégalée. Pourtant, exception à la règle, il ressentait une attirance pour Emma. Mal à l'aise, il mettait ce sentiment sur le compte de l'intelligence qu'elle montrait en toutes circonstances. Zach le Grand était un admirateur des belles mécaniques intellectuelles, de celles auxquelles il pouvait se mesurer tout en étant certain de les dominer. Sa nouvelle recrue était une adversaire de sa trempe. Elle avait tout ce qu'il fallait pour se tailler une place dans le cercle très fermé des affairistes andorrans. Farrell se promit d'être vigilant pour ne pas la laisser imaginer qu'un jour, elle puisse voler de ses propres ailes.

Il se regarda encore dans la glace, brun, les cheveux plaqués en arrière, il lissa sa fine moustache à la Clark Gable. Sa maigreur le gênait toujours autant ; pourtant, il ne freinait pas son appétit pour les bons plats, les bonnes pâtisseries et les très bons vins blancs. Il dépassait Emma de dix centimètres, estimait avoir assez d'élégance, de classe pour plaire à n'importe quelle femme.

— J'ai de l'allure ! répéta-t-il pour nourrir ce besoin viscéral de se flatter l'ego.

3

Une longue année passa sans nouvelles des frères Boroug. Emma put enfin prendre des congés d'été. Abby, passionnée d'équitation, partit en stage de poney. La jeune femme, un peu désœuvrée, décida de monter à Paris rejoindre Salomé et Djuran, ses voisins et désormais amis de Pau. Le couple de peintres préparait un accrochage de leurs œuvres dans la galerie de Wen Show, une galeriste reconnue du Quartier latin. Si la soirée de vernissage se passa comme prévu, sa rencontre avec Arnaud, le sculpteur, et la nuit qu'ils passèrent la bouleversa. Le bouleversement fut tel qu'après de longs mois d'hésitation, de réflexion, elle décida de tout quitter pour le rejoindre.

Farrell n'hésitait pas à complimenter ses employés quand il le jugeait utile ; en revanche, il punissait lourdement quand ses ordres n'étaient pas ou mal respectés.

Ce matin-là, il avait de quoi s'emporter contre Emma. Il ne comprenait pas pourquoi elle voulait le quitter et ne voulait pas le comprendre. Elle était la meilleure, celle que les politiques de haute volée et les hommes d'affaires redemandaient, louant à chaque contrat signé son professionnalisme, sa vivacité intellectuelle, ses connaissances juridiques, son instinct du compromis, et pour de rares élus, ses talents cachés.

« Séduire pour être séduite ! » dixit Farrell faisait partie intégrante du travail. Il fallait déployer non seulement une compréhension hors normes du dossier, mais aussi une parfaite connaissance de l'interlocuteur. Les services du boss lui passaient une note complète sur le statut familial, la religion, les finances, les goûts, les points forts et surtout les faiblesses qu'elle pourrait utiliser pour remporter la partie. Cet aspect de son travail ne l'avait pas rebutée. L'instabilité financière dans laquelle elle vivait, le souci d'assurer l'avenir d'Abby, la peur viscérale d'être retrouvée par les Afrikaners, l'avaient emporté sur la moralité du job. Cette précarité était devenue si insupportable qu'elle aurait accepté n'importe quel travail pour s'en sortir. L'assurance promise par Farrell d'une protection contre les Boroug, de l'intégration d'Abby dans une excellente école en Andorre et la promesse d'obtenir à sa majorité un passeport andorran, était tombée au bon moment.

Sauf que sa rencontre avec Arnaud l'avait changée.

Elle s'en aperçut lorsqu'elle dut se servir de la « faiblesse » d'un client pour l'aider à signer un contrat.

— Cher Monsieur, je vois que vous avez quelques réticences… Je comprends vos scrupules, cependant, j'aimerais que vous jetiez un coup d'œil sur ces documents…

Une grosse enveloppe apparut sur le bureau, une photo s'en échappa. Emma se leva et laissa seul son client. Quand elle revint, la discussion prit un tour plus coopératif.

Faiblesse banale d'un homme mûr et marié, cachant une jeune maîtresse dans un placard, clichés du délit à l'appui, et signature contre silence. Elle le fit l'écœurement au ventre et se sentit salie.

Farrell avait beau chercher, il ne comprenait pas. Pourquoi sa meilleure avocate s'était mise en tête de le quitter ? Dans un premier temps, il avait mis ça sur le compte de l'épuisement. Pourtant, elle rentrait de deux semaines de repos, elle aurait dû être en pleine forme. Il l'avait questionnée, elle n'avait pas répondu ; avait-elle des ennuis de santé, d'argent ? Qui était cet ami qui avait répondu sur son portable quand elle était en vacances ? Un amant de passage ?

Bon prince, il avait laissé passer une semaine, n'avait pas sévi. Dans ce milieu, on ne traite pas une femme de sa valeur sans discernement, d'autant qu'Emma commençait à avoir un beau succès, doublé d'un conséquent carnet d'adresses. Farrell, en refusant sa démission, en lui promettant une augmentation, pensait que tout rentrerait dans l'ordre. Il ne pouvait se douter qu'un amant de passage avait tant troublé la jeune femme qu'elle ne pouvait le sortir de sa mémoire ni de son cœur.

La goutte d'eau vint d'un client, un industriel milanais qui s'était plaint de son manque d'enthousiasme après la signature réussie d'un important contrat. Invitée à une soirée chez un politique de premier plan place Duca d'Aosta, elle avait senti le piège de la partie fine. Elle avait appelé un taxi pour la gare de Milan-Centrale et pris le train du soir pour rejoindre la principauté.

Au tarif que pratiquait Farrell, le client pouvait imaginer avoir certaines exigences post-signature. Emma n'avait rien d'une vierge effarouchée, elle savait donner de sa personne quand elle y trouvait son compte. Mais depuis sa rencontre avec Arnaud, son comportement avait changé, elle séduisait par obligation et professionnalisme, mais restait sage comme une sainte image.

Convoquée, on lui expliqua fermement qu'on ne supporterait pas que son travail souffre de ses états d'âme. Elle aurait pu faire un effort ; après tout, ce n'aurait pas été une première.

Zacharie Farrell n'avait jamais été amoureux, il ne pouvait pas savoir ce qu'elle ressentait. Elle ne se laissa pas faire, sentant qu'elle était à un tournant de sa vie.

— Qu'est-ce qu'il me reproche au juste, votre Italien ?

— Mon Italien, comme tu dis, n'est pas un client comme les autres, c'est le haut du haut du panier milanais… tarif indécent et donc prestations du même ordre.

— Toutes les parties ont signé, de quoi se plaint-il ?

Farrell eut un grand sourire en coin qui relevait sa lèvre supérieure d'un côté.

— Devine !

Il y eut un court silence.

— Vous me payez pour que les accords se fassent, non ?

— Exact, mais tu n'es pas sans savoir que certains, quelquefois, attendent plus !

Elle avait opiné de la tête, promis qu'elle ferait un effort.

— Ce n'est pas un effort que je veux, mais c'est que tu sois comme avant, aussi efficace !

— Je le suis, efficace !

— Tu peux l'être plus encore et tu le sais.

— Je vais essayer.

— Ne joue pas sur les mots, Lilith, je crois que tu n'as pas compris, je ne te demande pas d'essayer, je t'ordonne de travailler tes clients et tes dossiers comme avant… C'est différent…

Elle avait senti la menace dans le ton de son patron. Il ne l'appelait jamais par son pseudo.

— Sinon, vous faites quoi, vous me coulez dans le béton ?

Zacharie Farrell prit sa voix doucereuse, elle sentit qu'il ne plaisantait pas.

— Ne me pousse pas à employer des moyens que je réprouve…

Elle eut envie de le bousculer.

— Ce qui veut dire ?

— Tu as été parfaite jusque-là, ne m'oblige pas à te retirer ma protection, je connais des frères zoulous qui seraient heureux de l'apprendre…

Emma ne sut que répondre, elle était sidérée, et pourtant, c'était bien lui, ce type à l'allure rassurante, qui menaçait de la dénoncer à ses pires ennemis. De toute leur conversation, il n'avait cessé de lui sourire comme s'il n'avait pas à se fâcher pour obtenir ce qu'il voulait. Farrell était un animal à sang-froid, mais elle pensait être l'une des rares à posséder un pouvoir sur lui. À cet instant, elle comprit quel genre d'homme elle avait en face d'elle. Elle baissa les yeux, laissa passer l'orage, et les jours suivants, reprit son travail avec le sérieux nécessaire pour obtenir ce qu'elle voulait sans se trahir. Elle fit attention à stopper l'imagination de ses interlocuteurs en laissant entendre qu'elle était la maîtresse d'un homme influent. Elle tint le rythme un mois, le temps que son patron rassuré par ses résultats ne se préoccupe plus de la qualité de ses prestations. Sa décision était prise, elle rejoindrait Arnaud dès qu'elle le pourrait.

Trois mois passés à préparer sa fuite et celle de sa fille. Elle attendit les congés scolaires de décembre pour envoyer Abby à la neige, un stage UCPA à Saint-Lary-Soulan, dans les Pyrénées. Elle lui offrit ces vacances comme une surprise et ne lui révéla la destination qu'en la mettant dans le train. Elle se garda de lui parler de ses projets. Abby, éloignée et en sécurité, Emma fit ses bagages. Le soir du départ, par Internet, car elle savait que le directeur de la Banca Privada Andorra, la BPA locale, était un proche de Farrell… Elle vira l'argent de ses comptes sur une banque en ligne espagnole. Ce fut une grave erreur, car en ponctionnant toutes ses liquidités, elle déclencha sans le savoir une procédure administrative interne à la banque. Le siège de la BPA demanda par mail retour et automatique au directeur andorran l'autorisation de clôturer les comptes de la jeune femme. Celui-ci, encore en réunion, intercepta le mail. Farrell fut mis au courant et dans l'heure qui suivit, les virements furent suspendus en toute illégalité.

Emma essayait de ne pas stresser, les valises étaient bouclées, Abby en sécurité, elle était prête. Vers 1 heure du matin, elle chargea les valises dans l'ascenseur pour descendre au parking chercher la voiture qu'elle avait louée à Pau, pour ne pas éveiller les soupçons. Après une hésitation, elle appuya sur le bouton du troisième sous-sol. La prudence lui disait de vérifier que personne ne l'attendait au deuxième, le parking réservé aux résidents où était garée sa voiture de location. Le troisième était désert, elle sortit de l'ascenseur une valise dans chaque main et décida de monter à l'étage supérieur par les escaliers de service. Quand, après avoir grimpé sans bruit les marches, elle entrebâilla la lourde porte du deuxième sous-sol, elle eut un choc. Farrell marchait de dos, arpentant l'allée centrale du parking. Il était seul, sa voiture, moteur en marche, était stationnée au milieu de l'allée. Emma se mit à trembler.

— Comment se fait-il qu'il soit là ? Qui l'a prévenu ?

La minuterie s'éteignit et l'escalier fut plongé dans le noir. Elle resta sans bouger une bonne dizaine de minutes avant d'entendre ses pas se rapprocher. Elle se colla contre le mur derrière la porte en retenant sa respiration, celle-ci s'ouvrit en grand sous la poussée de Farrell. Au même moment, juste derrière lui, les portes de l'ascenseur sonnèrent et Duss le Bulgare, son chef de la sécurité, sortit comme un diable en vociférant.

— Lilith n'est pas chez elle, ses penderies sont vides !

— On pouvait toujours sonner… Bon, c'est quoi son numéro de garage ?

— Le concierge m'a assuré qu'elle n'avait pas de voiture.

— Et d'après toi, c'est une raison suffisante pour qu'elle n'ait pas de garage ni de voiture ? Bon sang, tu vas remonter et poser les bonnes questions !

Farrell lança un juron et laissa se refermer la porte de l'escalier de service. Emma l'entendit discuter avec son employé, elle colla son oreille contre le battant, elle ne comprenait pas, ce qu'il disait, elle reconnaissait son ton autoritaire. Il n'arrivait pas à maîtriser sa colère, que la plus brillante de ses avocates, veuille le quitter, lui, Zacharie. Farrell, le mettait en rage.

— Elle a dû filer cet après-midi, trouve-moi la dernière personne qui l'a vue. Je veux savoir où et comment elle est partie !

— Je m'en occupe !

— Moi, je retourne chez le banquier pour qu'il me donne ses derniers mouvements de compte. J'ai annulé ses virements ; toute maline qu'elle soit, elle ne pourra pas aller bien loin.

Le métis acquiesça, passa le doigt sur la plaie qui barrait sa joue et prit l'air important d'un espion en mission.

— Je vais me renseigner sur ses derniers contacts, elle s'est sûrement confiée à quelqu'un.

— Mon pauvre ami, ne rêve pas, Lilith a un QI que tu n'atteindras jamais, alors qu'elle ait mis un tiers dans la confidence, tu oublies.

— Bien patron…

— Tu vas mettre la pression sur tes indics et me ramener tout ce que tu apprendras sur elle !

Duss ne répondit pas.

— C'est compris ou je te fais un dessin ?

Le factotum se renfrogna, Farrell ne le ménageait guère, il n'arrivait pas toujours à faire bonne figure sous les sarcasmes que son boss lui balançait au quotidien.

Ces séances d'humiliation, Duss les avait vécues avec ses géniteurs, plus des tortionnaires que des parents. Il en avait gardé le sentiment de ne pas valoir grand-chose. Il n'était pas dénué d'intelligence, plutôt rusé, malin dans le sens d'une fourberie sans égale. Les humiliations, il avait appris à les supporter, presque à les aimer, il lui fallait un maître sans pitié pour le tenir comme un chien de guerre en chaîne. Un maître qu'il haïssait autant qu'il respectait. Il y avait des jours où il aurait étranglé Farrell de ses propres mains avec une joie sans partage, d'autres où il se serait fait dévorer pour lui sans le moindre état d'âme. Son poste de chef de la sécurité lui permettait d'assouvir ses bas instincts et d'asseoir son pouvoir auprès des employés. Il en tirait mille avantages, de financiers à sexuels. Il était craint comme la peste, roi après le roi, et peu de ses gens tentaient de lui résister.

— Tu es les couilles, et moi je suis la tête, n'oublie jamais ça !

Duss baragouina un « oui » inaudible. Farrell le reprit de volée :

— Tu m'as entendu ?

— Oui, patron !

— Tu ne fais plus que ça, tu la cherches jusqu'à ce qu'on la trouve. Dès que tu as quelque chose, tu m'appelles, et bordel, secoue-toi, trouve-moi où cette enfant de putain se cache !

C'était rare quand Zacharie perdait son sang-froid. Il reprit, le doigt levé :

— Une chose encore !

Il marqua un temps d'arrêt.

— Si tu me la retrouves avant ce soir, je te la laisserai une heure ou deux !

Le métis ouvrit la bouche, se fendit d'un large sourire.

— Vous feriez ça, patron ?

Farrell regretta aussitôt sa promesse, il connaissait assez son sbire pour savoir quel rustre violent il était. En même temps, ce serait une punition dont Emma se souviendrait. Cependant, il temporisa.

— Après qu'elle m'aura dit ce que je veux entendre et à condition que tu saches te tenir, cette fille vaut plus que toi !

Le pendard courba l'échine, ses instincts de prédateur lui fouillaient l'âme et les reins. Il était prêt à embrasser les mains de son boss pour avoir cette femme à sa merci.

— Promis, patron, je l'abîmerai pas !

— Ce serait bien la première fois. Maintenant, tu te bouges, et tâche de te rappeler pourquoi tu es trop payé !

L'intéressé hocha la tête, reprit l'ascenseur et Zacharie sa voiture. Emma, collée au mur, appela Arnaud, tomba sur le répondeur. À voix basse, elle lui laissa un message angoissé. *« Arnaud, je me suis mise malgré moi dans une situation dangereuse. S'il m'arrivait quelque chose, je t'en prie, prends soin de ma fille. Je t'embrasse. Emma »*

Elle attendit une bonne demi-heure dans l'obscurité glacée de l'escalier avant de rejoindre sa voiture. Les minutes passèrent lentement ; pour vaincre sa peur, elle essaya de penser à son amant, à son mari. Johannesburg lui manqua, cela faisait longtemps que ça ne lui était pas arrivé. Il n'était plus là pour la protéger ; si elle partait d'Andorre, serait-elle en sécurité… Arnaud valait-il la peine qu'elle lui confie son destin et celui de sa fille ? Elle n'en était plus aussi sûre. Pourquoi ne répondait-il pas ? Elle se décida d'un coup, tant pis si Farrell et le métis étaient là, elle assumerait. Elle sortit de sa cachette d'un pas assuré, prête à affronter la colère de son patron.

Personne, le parking était désert. En face de l'ascenseur, sur son emplacement, la Mini noire de location brillait sous les néons. Emma jeta son sac à l'arrière et mit le contact. Elle fut rassurée d'entendre le bruit rauque du moteur, elle alluma les phares et sortit du parking. Il faisait nuit, le trafic était dense, les voitures à touche-touche. Elle força le passage pour s'insérer dans la file des noctambules étrangers qui envahissaient la ville le week-end. Elle se faufila et roula prudemment jusqu'à l'autoroute, direction Pau. Elle savait qu'elle pouvait compter sur Djuran et Salomé pour la protéger. Elle chassa de sa pensée qu'elle les mettait aussi en danger.

Malgré Farrell déjà au courant de sa fuite, malgré ses virements annulés, elle serait en sûreté à Pau. Elle n'avait jamais parlé de l'achat du loft, de ses liens avec le couple d'artistes, même pas à Luis, son taxi préféré, encore moins à ses collègues, à son patron. Elle était certaine de ne pas avoir laissé de pistes permettant de la tracer, de la retrouver avant longtemps. Elle appela Abby, qui venait juste de rentrer au chalet de l'UCPA après une séance au Lary, le cinéma de la station. La jeune fille se changeait dans sa chambrée. La journée avait été très ensoleillée, toutes les pistes étaient ouvertes et la jeune skieuse s'était régalée sur son surf tout neuf.

— Abby, ma chérie…

— Oh, maman, les pistes sont géniales !

— Profite, tu t'es fait des amies ?

— Oui, une fille de Biarritz… C'est très sympa, le moniteur nous emmène en haute montagne, c'est super impressionnant.

— Fais attention de ne rien te casser, cette fois !

— Je ferai attention, ne te fais pas de souci, on descend dans de la poudreuse…

— Quand même…

— Bon, je vais te laisser, les monos vont passer éteindre.

— Bonne nuit, ma chérie… À très vite !

— Bonne nuit, maman !

D'avoir parlé à sa fille, Emma se sentit soulagée, elle calqua sa vitesse sur la limite permise et, un sourire moins crispé aux lèvres, elle laissa la voiture filer vers sa nouvelle vie.

Duss comptait bien inscrire Lilith à son tableau de chasse. Il interrogea ses contacts, ses indics, les portiers des boîtes, les concierges des hôtels, les patrons de bar, sans succès. Il avait beau insister, menacer, personne ne savait rien sur l'avocate de Farrell. La plupart ignoraient jusqu'à son existence.

La jeune femme avait su rester discrète depuis sa venue en Andorre. Elle savait que la naturalisation de sa fille dépendait aussi de son comportement. Personne en ville à part son fidèle taxi ne connaissait Lilith sous son véritable nom, c'eut été faciliter le travail des frères Boroug. Pour le personnel, Lilith Alexder était une juriste, ressortissante suisse respectée. Le métis se rabattit sur les bureaux de location de voiture. Ils étaient nombreux en ville, mais il ne trouva pas trace de celle qu'il cherchait. Il appela Luis, le taxi qu'Emma prenait régulièrement.

— Luis, c'est moi.

— Bonjour…

— Avez-vous pris en charge Mme Alexder, récemment ?

— Pas ces jours…

— Vous êtes sûr ?

Duss sentait Luis défiant et pas vraiment coopératif.

— La dernière fois remonte à une quinzaine…

— Vous en êtes certain ?

— Oui…

Le factotum jura et raccrocha. Il sentait sa proie lui échapper. Où cette putain avait bien pu aller et comment ? Il savait que son boss ne lui pardonnerait pas un échec. Quant à la perspective de louper une heure ou deux de tête-à-tête avec la belle avocate, c'était hors de question. Il repartit en ville interroger ses indics.

C'est dans l'après-midi que le directeur de la banque d'Andorre appela Farrell. Emma avait loué une voiture à Pau et venait de payer le matin même par carte bancaire et donc de rendre la voiture. L'info venait de la banque en ligne espagnole qui avait interrogé la BPA, car les virements de leur nouvelle cliente n'arrivaient toujours pas sur son compte et les cartes bancaires à crédit différé s'accumulaient. Pour louer la voiture, Emma avait fourni permis de conduire et carte de crédit à l'agence paloise, pensant que le secret bancaire de la banque en ligne espagnole la protégeait de l'intrusion d'un tiers. Sauf que, depuis la nuit des temps, les banques, quand leurs intérêts sont en jeu, déontologie ou pas, ne s'embarrassent pas de principes. Ce fut un jeu d'enfant pour Zach le Grand de flairer la fraîcheur de la piste et d'envoyer son homme de main à Pau sur les traces d'Emma et de sa fille.

— Ok, patron, je fonce !

— Tu fonces où ?

— À Pau, à l'agence de loc…

Il le coupa brutalement.

— Et tu y vas comment ?

— Ben, avec la grosse voiture…

Farrell haussa les épaules et pianota sur le GPS de son téléphone.

— Andorre/Pau, 294 kilomètres, il te faudra 4 h 22…

— En appuyant fort, je peux y arriver en bien moins…

Son patron leva les yeux au ciel.

— L'agence sera fermée…

— Je l'appellerai de la voiture…

— File plutôt à l'aéroport, je m'occupe de tout.

Farrell appela Helitrans-Pyrénées, pendant que Duss montait pied au plancher vers l'aéroport Andorra-La-Seu en Espagne. Un AV 109 Power, pales à l'arrêt, moteur en chauffe, l'attendait sur le tarmac. À peine deux heures plus tard, au volant de la voiture que l'agence paloise avait mis à sa disposition, il se garait au cœur du Quartier Hedas, face à la maison d'Emma. L'employé de l'agence, sensible au gros billet qu'il tenait dans la main, avait lâché l'adresse.

En planque face à la grille de fer, Duss, que personne ne connaissait, observa les allées et venues. Il comprit à la tombée de la nuit que si Lilith était là… il la voyait passer derrière les verrières du loft… la petite n'y était pas. Il appela son boss.

— Tu en es sûr ?

— La garce est chez elle, je la vois d'où je suis, mais pas de trace de la gamine !

— Elle a dû l'envoyer quelque part avant de partir…

— La mettre en lieu sûr…

— Pas idiot, ça !

— Peut-être dans sa famille ?

— Elle n'en a plus, c'est moi sa famille… C'est les vacances, elle a dû lui payer un stage… ou la placer chez des amis !

— Sûrement, patron, on est en février, peut-être les vacances à la montagne.

— Possible, de toute façon, peu de chance qu'elle rentre à cette heure…

— Je vais planquer devant chez elle toute la nuit !

— Si ça bouge, tu m'appelles.

— Bien sûr, patron !

Il y eut un moment de silence, que le métis se garda d'interrompre. Farrell reprit sur un ton qui ne souffrait pas la contrariété :

— Demain matin tôt, tu fonces chez elle et tu lui dis que sa fille est entre nos mains…

— Pourquoi je lui dis ça ?

— Pour qu'elle te suive !

— Ah bon, on a sa fille ?

Farrell poussa un gros soupir.

— Mais non, imbécile !

— Excusez-moi, patron, je ne comprends pas…

— Si tu lui dis qu'on a sa fille, ça suffira pour qu'elle te suive sans rechigner…

— Ok, je veux bien, mais si elle ne me croit pas ?

Il n'était pas question d'hésiter.

— Elle te croira, mais sinon, tu l'embarques !

— Pas de problème…

— Tu récupères son téléphone, on saura le faire parler, à défaut de la mère.

Le plan avait marché : Emma, sidérée par l'apparition de Duss chez elle, avait cru le truand quand il lui avait affirmé que sa fille était entre leurs mains. En revanche, ce que ne savaient ni les uns ni les autres, c'était qu'Abby avait disparu dans la nuit de la chambrée « Les marmottes » d'UCPA de Saint-Lary-Soulan. Les moniteurs s'en aperçurent au matin et appelèrent aussitôt sa mère.

Sur le tarmac de l'aéroport Pau-Pyrénées, casque sur les oreilles, sourire carnassier aux lèvres, Duss se félicitait de son efficacité en couvant des yeux sa prise matinale. L'AV 109 Power fit rugir ses moteurs, les pales vibrèrent avant de couper l'air et de couvrir la sonnerie du mobile d'Emma.

Confisqué par le métis, il sonna trois fois de suite dans sa poche de blouson, sans que personne ne l'entende.

4

Arnaud détourna son regard de l'autoroute et regarda le fil de laine rouge qui entourait son poignet, Emma avait le même, l'autre moitié sortie du même brin. Il tira la manche de son pull, le geste infantile de celui qui cache sa tête dans le sable. Vœu d'impuissance. Il avait failli le brûler, ce fil, pour rompre le charme… Rien n'avait été simple. On n'a pas souvent une aventure avec une femme d'affaires, avocate de surcroît, à la solde d'un patron voyou.

— Bon Dieu… Une quasi-délinquante !

Pour le briseur de pierre, le compagnon du devoir, c'était beaucoup à accepter. Il avait prononcé les mots tout bas et il regretta le temps où il ne la connaissait pas. Sa première rencontre avec Emma datait de l'été. Tout ça, c'était la faute de son ami Lucian, le militaire, l'aventurier. C'est lui qui l'avait convaincu de sortir de sa coquille, de déserter quelque temps son cher atelier du Luberon et ses sculptures.

— Emballe tes bazars, il faut te faire connaître, je t'emmène à Paris !

La galeriste Wen Show était une ex de Lucian. Elle lui avait promis d'exposer les œuvres de son protégé et l'avait invité au vernissage d'un peintre londonien. Les deux compères avaient embarqué dans le Wangler du militaire et étaient montés jusqu'à Saint-Germain-des-Prés. Le 4x4 était chargé jusqu'à la gueule, les deux amis avaient empilé tout ce qui rentrait.

— Bon, Arnaud, on arrive bientôt, je te pose avec les sculptures à la galerie !

— Comment ça, tu ne restes pas ?

— Je te présente à Wen et je repars, j'ai des visites de famille…

— Tu as de la famille dans le coin, toi ?

— Pas vraiment, je t'expliquerai.

— Pas la peine, j'ai compris…

— Je te laisse la Jeep et passe te récupérer dimanche, j'ai autre chose à faire que de participer à ton succès !

— Toujours sympa, ça fait plaisir, et la Jeep à Paris, tu parles d'un cadeau !

— Tu sais tout le bien que je pense de tes œuvres. Wen m'a gentiment demandé de m'absenter pour le vernissage. Rapport à son nouveau mec, sûrement…

— Elle est jolie, ta Wen ?

— Pas une fille pour toi, mais elle le sera encore moins si elle te vend quelques pièces !

— Ah bon !

— Elle ne confond jamais affaires d'argent et affaires de cœur !

Lucian n'avait pas traîné, il avait pris un taxi le soir même pour une destination plus galante que familiale, avait lâché Wen avec une pointe de dépit dans la voix.

Le samedi et le vernissage du peintre d'outre-Manche arrivèrent vite, exactement le genre de soirée qu'Arnaud supportait mal. Trop de monde, il était si réservé que personne ne lui parlait. En se dirigeant vers le buffet, il avait heurté une épaule, un verre était tombé. Gêné, il avait continué en silence.

— Jamais vous vous excusez ?

C'était bien à lui que la jeune femme s'adressait. Il revint sur ses pas.

— Désolé, j'avais la tête ailleurs.

— Je vois ça…

— Je vous prie de m'excuser…

Elle le regarda et changea d'attitude.

— Le champagne ne tache pas, paraît-il…

Surmontant son embarras, il l'avait emmenée prendre un verre, elle lui avait proposé le deuxième.

En quelques échanges, elle l'avait mis à l'aise dans cette ambiance bobo festive. Il la regardait bouger dans sa robe du soir, un fourreau noir où tout son corps parlait à sa place, cette femme n'était que grâce. Elle lui parlait, lui répondait, le sourire aux lèvres. Elle buvait peu, ne sortait pas fumer avec les autres. Avocate d'affaires, elle ne s'étendit pas sur son métier, elle avait une fille, Abby. Deux heures passèrent avant que, brusquement, alors qu'une complicité naturelle passait entre eux, elle ne prétexte un travail urgent et ne laisse Arnaud sans voix. Elle le salua d'un signe de tête avec un sourire et un regard qui le firent trembler jusqu'au plus profond de son être. Elle le laissa seul, un peu perdu, alla serrer quelques mains, embrassa un couple d'artistes qu'elle semblait bien connaître et sortit.

Comme aimanté, il la suivit sur le trottoir où l'attendait son taxi.

Quand elle se retourna, il se passa ce qui n'arrive que peu de fois dans une vie, leurs yeux se croisèrent et ne se lâchèrent plus. Ils étaient de parfaits inconnus et déjà ne voulaient plus se séparer. Prévenant, il lui ouvrit la portière arrière, lui prit la main pour l'aider à s'installer, elle ne le lâcha pas. Arnaud hésita, elle se poussa légèrement et, subjugué, il s'installa à ses côtés, comme si c'était la chose la plus naturelle du monde. Durant le trajet, ils restèrent serrés l'un contre l'autre, aucun d'eux ne prononça une parole, le taxi s'arrêta rue Jules César, dans les lumières de l'entrée du Marceau Bastille. Elle descendit la première et laissa la portière grande ouverte. Il hésita, tendit un billet au taxi et sortit. La jeune femme l'attendait sur le seuil de l'hôtel, ce fut elle, cette fois, qui lui prit la main.

— Je m'appelle Emma !

— Arnaud !

La suite était inscrite dans leurs gènes. La nuit fut courte et longue, zen et tumultueuse. Emma se leva tôt, commanda un petit-déjeuner complet à la réception et disparut dans la salle de bains. Quand Arnaud se réveilla, elle lui souriait, déjà habillée d'un jean et d'un pull rouge à col roulé qui mettait en valeur la finesse de son visage. Dans cette tenue décontractée, il la trouva encore plus séduisante.

— J'ai fait monter un déjeuner, prends ton temps.

— Tu ne déjeunes pas ?

— J'ai un TGV, gare de Lyon…

Elle hésita, regarda sa montre…

— … dans 22 minutes, j'ai juste le temps…

Elle ajouta :

— J'ai un rendez-vous d'affaires.

— Je vais t'accompagner, il fallait me réveiller ma chérie…

Elle ne répondit pas, un chasseur entra, prit sa valise et attendit.

— Je dois y aller, Arnaud…

— Mais tu vas où ?

Elle se pencha et l'embrassa à pleine bouche d'un baiser très doux qui lui brûla les lèvres.

— Je t'appellerai !

Et elle s'enfuit, accompagnée du chasseur, qui le salua d'un signe de tête avant de fermer la porte. Dans le lit, le plateau-déjeuner sur les genoux, Arnaud comprit qu'il ne la reverrait jamais ; comment pouvait-elle l'appeler, elle n'avait pas son numéro. Il repoussa le plateau, se leva. Sous la douche, le front contre la paroi, il se demanda ce qui n'avait pas marché, regretta presque son heureuse fortune tellement il en avait gros sur le cœur, inutile de s'appesantir, le constat était clair.

Séduction, je te plais, tu me plais, nous nous plûmes, au petit matin, adieu l'ami, merci de ton coup de reins, ça m'a fait plaisir. Un peu rude pour l'animal complexe qu'il était, car dans cet hôtel de grand luxe, seul à tourner en rond dans cette chambre encore lourde de son parfum, il avait mal. Il ne lui restait que l'envie de saccager cet amour naissant, de s'en débarrasser le plus vite possible.

— Bon Dieu, réveille-toi !

Des pointes acérées lui traversaient l'âme et le cœur. C'était terrorisant, cette impuissance devant des sentiments qui l'envahissaient sans qu'il ne puisse les contrôler. Il savait que vociférer était inutile, comprendre ce qui lui arrivait demandait du silence, et il en était incapable… Il s'habilla dans ce matin de panade absolue, et il se tut enfin pour mieux s'entendre hurler d'impuissance.

5

— Oh ! Arnaud, tu ne vas tout de même pas t'amouracher d'une femme que tu as eue plus longtemps entre les cuisses qu'en tête-à-tête ! lui avait asséné Lucian Souberou au téléphone avec cette crudité qui le caractérisait.

Le militaire ne s'attendait pas à retrouver son ami en grande panique, cherchant l'amante d'une nuit dans toute la ville.

— Ôte-moi d'un doute, elle t'a bien quitté pour prendre un train et aller à un rendez-vous de travail ?

— Oui, c'est ce qu'elle m'a dit.

— Alors, arrête de te faire du souci… C'était un peu tôt pour te présenter à son patron… Son rendez-vous terminé, elle reprendra contact.

— C'est ce que j'ai failli croire… sauf que…

— Sauf que quoi ?

— Elle n'a pas mon numéro…

— De nos jours, avec Internet, si elle veut te revoir, ça ne sera pas difficile…

— Sauf que j'ai vérifié sur le site de la SNCF !

— Et alors, Sherlock ?

— Tu sais ce qu'il te dit Sherlock !

— Excuse-moi !

— Pas de TGV à la gare de Lyon ce matin-là, à cette heure !

Lucian regarda son ami, un peu attristé.

— Ah oui, tu as été jusque-là…

— Il fallait que je sache…

— Sévèrement accroché, mon Arnaud…

Lucian ne croyait pas si bien dire. Sans doute la frustration d'avoir été joué, ou le dépit amoureux, toujours est-il qu'Arnaud, après avoir été sur le site SNCF, s'était mis en chasse dès sa sortie de l'hôtel. Pas une brasserie, un café de Saint-Germain-des-Prés qui n'avait reçu sa visite. Il avait passé la journée à la chercher.

Alors, quand son ami avait ironisé sur son temps de présence entre cuisses et tête de la belle Emma, il n'avait pas apprécié. Rien de méchant pour autant, il se rendait compte que si son frère de cœur, avait adoré le voir amoureux, le frère de raison trouvait l'addiction naissante un iota trop intense.

Arnaud n'était pas loin de partager son avis, cet amour prenait beaucoup de place. Il se souvenait de ces jours sombres d'hospitalisation, lorsqu'il galérait, le bassin en morceaux, incapable de se tenir debout, le moral au plus bas… sa compagne de l'époque partie avec le psy de l'hôpital. Lucian omniprésent tentant de le réconforter.

— Une de perdue, tu sais bien… lui avait-il lancé.

— Ben voyons !

— De toute façon, cette fille t'aurait quitté !

— Tiens donc, c'est nouveau, ça vient de sortir…

— Trop jeune et délurée pour toi, elle ne pensait qu'à sortir, danser, picoler…

— C'est aussi ce que j'aimais chez elle, son sens de la fête… sa façon de transformer le banal en…

— Oh, Arnaud ! Calme-toi, elle s'est barrée comme une voleuse…

— Je sais, merci de me le rappeler !

— Elle n'en valait pas la peine !

— Ça doit être ça… Et moi, j'en vaux la peine ?

— Sois patient, les filles te courront après dès que tu seras remis d'aplomb !

— Elles n'auront pas à courir vite !

— Raison de plus !

Arnaud avait levé ses avant-bras, c'est tout ce qu'il pouvait bouger.

— T'es pas drôle, Lucian, regarde, bon Dieu, dans l'état où je suis, jamais je ne pourrai marcher normalement, alors les filles, j'ai plus qu'à faire une croix dessus, quant à remonter sculpter une gargouille de cathédrale… faut pas rêver.

— Tes extras de tailleur de pierre, oui, c'est vrai, c'est plié, mais il te reste tes sculptures !

— Tant que je pourrai tenir un marteau et des ciseaux…

— Voilà, accroche-toi, tu vois que tout n'est pas perdu.

— Mon travail, c'est une chose, mais comment veux-tu qu'une femme me regarde avec mes cannes et mes pattes en inox !

— Le chirurgien a dit que ce n'était qu'une question de temps et de rééducation, bon sang, mon poteau ne la joue pas pessimiste !

Arnaud s'était renfrogné avant de lâcher :

— Des paroles tout ça, des paroles !

Lucian, pour lui remonter le moral, continuait de lui prédire un avenir enchanteur, qu'il était un homme sensible, talentueux… peut-être exagérément fait de bois tendre, ce qui, pour un tailleur de pierre, ne prêtait pas à rire, mais les faisait rire quand même. Les mois étaient passés, Arnaud était sorti de l'hôpital et s'était remis à la sculpture. En revanche, depuis, il n'avait plus rencontré, pas eu la moindre aventure.

Alors, la rencontre avec Emma ne pouvait que le réjouir, même s'il trouvait exagérée la subite addiction. Car depuis la fameuse nuit, son ami ne tenait plus en place, il ne parlait que d'elle alors que, la connaissant si peu, il n'avait rien à en dire. Wen Show de la galerie, jointe au téléphone, expliqua à Arnaud que les invitations au vernissage étaient parties par mail aux particuliers, qu'elle serait bien incapable de trouver celui adressé à celle qu'il cherchait. D'autant qu'il ne connaissait pas son nom de famille. En revanche, elle se souvint qu'Emma avait longtemps discuté avec Salomé et Djuran. Le couple d'artistes venait de Pau. Ils reviendraient accrocher leurs toiles en début de semaine et logeaient chez un petit-cousin de Salomé, un gitan lui aussi, brocanteur dans le 9-3. La galeriste lui donna l'adresse.

— Donnez-moi plutôt un numéro de téléphone !

— Ça, je n'ai pas et eux non plus, ce sont des artistes, ils n'ont pas de portable…

— Bon, ok, j'y vais.

— Ne traînez pas dans les quartiers avec votre jambe folle, si vous avez un problème, appelez !

Arnaud appela un taxi et débarqua chez le cousin à l'heure du dîner. La cour, violemment éclairée par des lampadaires, était remplie de meubles étiquetés, emballés dans de la cellophane, prêts à partir. L'endroit ressemblait plus à un entrepôt qu'à une boutique de brocanteur. Un pavillon style 1950 à façade de pierres blondes clôturait le fond de la cour. Un chien noir et feu, genre bull mastiff, bondit en bout de chaîne et se mit à aboyer en montrant les crocs. Le sculpteur s'arrêta et leva sa canne, un homme costaud, en pull de grosse laine sur un jean, sortit d'un atelier aux vitres sales.

— Silence, Cassius !

Le chien obéit en grognant.

— Qu'est-ce que vous voulez ?

— Je cherche Djuran, il est là ?

Le brocanteur, la cinquantaine, une barbe de trois ou quatre jours lui mangeant la moitié du visage, le jaugea des pieds à la tête. Il planta ses dents dans l'énorme sandwich qu'il tenait à la main, avala sa bouchée.

— Bougez pas !

Il se retourna et cria en direction de la maison du fond de la cour.

— Djuran, c'est pour toi !

Arnaud dut attendre un bon quart d'heure avant que la porte du perron ne s'ouvre et que le gitan n'apparaisse dans la lumière, suivi de Salomé. Il reconnut la femme pour l'avoir croisée au vernissage. Elle était en jupe longue, très typée, le teint mat, les cheveux noirs dénoués sur ses épaules. Elle resta légèrement en arrière, il la sentait curieuse de savoir pourquoi il était venu les voir, mais tendue. Djuran s'approcha.

— Salut !

— Bonjour, on s'est croisé au vernissage de Wen Show, je suis Arnaud le sculpteur !

— Je vous reconnais…

— Wen m'a dit que vous connaissiez Emma, une jeune femme qui était à l'expo !

Il y eut un blanc avant que Djuran ne réagisse.

— Qu'est-ce que vous lui voulez ?

— La contacter, je… j'aimerais la revoir !

— Ah ! Appelez-la !

— Je n'ai pas son numéro…

Le gitan hésita, Salomé mit la main sur l'épaule de son mari, le visage de celui-ci se referma.

— Ce n'est pas à nous de vous le donner si elle ne l'a pas fait elle-même, non ?

— Elle a oublié de me le donner…

— C'est vous qui le dites…

— Oui…

Djuran était de plus en plus gêné, il toussota, regarda Salomé qui baissa les yeux. Sa voix était grave, un peu rauque.

— On lui demandera si on peut vous le passer !

— Ce serait sympa !

Il continua :

— Appelez la galerie, nous accrochons dans la semaine pour notre vernissage de samedi prochain, je passerai l'info à Wen.

— Merci… N'oubliez pas, c'est important.

Djuran hocha la tête, compréhensif.

— On n'oubliera pas.

Et il tourna les talons.

Salomé resta quelques secondes à fixer Arnaud sans rien dire. Il eut l'impression d'être une bête curieuse. Elle se décida enfin.

— Ce n'est pas une femme pour vous !

— Comment ?

— Ne cherchez pas à la revoir !

Il agita sa canne.

— C'est ma patte folle qui lui fait peur ?

— Rien ne lui fait peur !

Ne sachant que répondre, Arnaud ne bougea pas. Salomé s'impatienta.

— Adieu, Monsieur !

Elle rejoignit son mari qui l'attendait, ils montèrent les marches du perron, la porte se referma, le brocanteur s'approcha… Dans son coin, le chien grogna.

— Faut pas rester là, mon vieux !

Ce que ne savait pas le sculpteur, c'est que Salomé et Djuran étaient de grands amis de la jeune femme et qu'à l'instant où ils palabraient dans la cour, elle était postée derrière la fenêtre, cachée par les rideaux, à observer la scène. C'était chez eux qu'elle avait échoué après son départ précipité de l'hôtel Bastille. Le couple l'avait accueillie à bras ouverts. Depuis qu'elle avait acheté l'étage de leur atelier à Pau, ils profitaient de la même cour et se voyaient souvent. Salomé, ne pouvant avoir d'enfant, s'était attachée à Abby, elle la gardait souvent. Emma avait profité de ses deux semaines de vacances pour visiter Bruxelles et faire halte à Paris à l'aller et assister au vernissage au retour, le week-end suivant.

Elle ne leur avait pas caché sa brève aventure qu'elle analysait comme une bêtise. Son travail, sa sécurité devaient passer avant tout. Son contrat avec Farrell était clair : une nuit pourquoi pas, jamais deux.

Elle regarda jusqu'au bout la silhouette claudicante d'Arnaud s'éloigner, franchir le portail de la brocante et disparaître. Dans les minutes qui suivirent, elle appela un taxi, et l'esprit et le cœur embrumés, elle partit pour la capitale belge par le Thalys du soir.

Dépité, l'âme brûlée par le peu d'espoir qu'il avait de la revoir, Arnaud rentra en taxi au studio loué pour la semaine. Peu de circulation à cette heure, le périphérique était vide de voitures, le taxi accéléra, le sculpteur ferma les yeux et se laissa bercer par le ronronnement du moteur.

Emma était partie le matin comme une voleuse, c'était son choix, mais si elle ne voulait pas aller plus loin, si elle n'était pas libre, pourquoi ne le lui avait-elle pas dit ?

Le chauffeur sortit du périphérique et, en bon Parisien, brûla le premier feu rouge. Il klaxonna, jura devant une camionnette changeant brusquement de file sans mettre son clignotant.

— Mais regardez-moi cet abruti !

Arnaud revint sur terre et s'aperçut qu'il passait devant le Flore. Il tenta de voir l'intérieur, peut-être était-elle là, attablée devant un verre.

Il n'arrêtait pas de revivre la nuit passée avec Emma. Étrangement, ils avaient fait l'amour comme s'ils se connaissaient depuis toujours… s'étaient embrassés comme s'ils se retrouvaient après une longue absence. Après, ils s'étaient murmurés des mots que l'on ne trouve que dans le vocabulaire des amoureux.

La deuxième séquence avait été plus forte, leur jouissance n'en avait été que plus torrentielle. Ils avaient respiré leur odeur, caressé leur peau baignée dans les lumières changeantes de l'aube, avant de s'endormir dans les bras l'un de l'autre.

Arnaud s'était réveillé alors que le soleil dans un grand ciel bleu pointait son nez derrière les portes-fenêtres et qu'Emma bouclait sa valise.

Le taxi stoppa, le sculteur régla et sortit de la voiture. L'air froid lui fit du bien, assez pour qu'il puisse se mentir, bien sûr qu'il n'était pas amoureux, le manque n'était que passager. Il grimpa quatre à quatre les escaliers du studio ; alors pourquoi il le ressentait aussi fort ce manque, pourquoi s'en défendre ne servait à rien ? Longtemps qu'il n'avait pas éprouvé cette tyrannie qu'il mit un peu rapidement sur le compte du désert affectif dans lequel il pataugeait depuis son accident.

— Moi, amoureux ?

Il se mordit la lèvre jusqu'au sang.

Le mardi matin, Arnaud se leva très tôt, l'impatience l'empêchait de dormir. Il espérait sans y croire que Djuran lui apporterait une bonne nouvelle. Le cœur battant, il se rendit à la galerie. Salomé avait-elle contacté son amie ?

Le couple débarqua en fin de matinée, poussant un chariot chargé de tableaux. Il se précipita pour les aider. Salomé mit fin à ses espoirs en quelques mots lapidaires.

— Désolée… Je vous avais prévenu…

— Mais que vous a-t-elle dit ?

— Elle ne veut pas aller plus loin, c'est tout !

Il dut s'asseoir. Salomé le regardait, son visage trahissait une gêne qu'elle n'aurait pas dû avoir. Il se demanda si elle avait réellement eu Emma au téléphone.

— Elle vous a dit pourquoi elle s'est sauvée sans rien dire… ? Ce n'est pourtant pas dur de s'expliquer !

Salomé haussa les épaules, Djuran vint à son secours.

— Parce qu'elle est bouffée par son métier !

— Ce n'est pas une raison !

Salomé s'avança.

— C'en est une pour elle, ajoutez une fille pas facile à élever…

— Je sais qu'elle a une fille, Abby…

Le couple parut surpris. Arnaud continua :

— Elle est mariée et elle n'est pas libre, c'est ça ?

— Libre ? Elle l'est trop à mon goût !

— Je ne comprends pas…

— Elle n'a pas de place pour vous, pour un homme, c'est tout !

— On a la place qu'on prend !

— Laissez tomber !

Arnaud sortit de la galerie, déçu, l'âme en peine. Il appela Lucian qui, sentant sa détresse, lui annonça qu'il serait sur Paris en fin de matinée et l'invita à déjeuner.

Le repas « Chez Bartolo » rue des Canettes, pourtant arrosé d'un superbe Chianti, fut lugubre. Le militaire n'arrivait pas à le dérider.

— Bon sang, mon vieux, il y a deux jours, tu ne la connaissais pas !

— Trois…

— Trois quoi ?

— Jours…

— Si tu veux… Combien de temps tu n'avais pas sauté une fille ?

— Ça n'a rien à voir !

— Que tu dis…

— Oh, Lucian, s'il te plaît…

— N'empêche, que depuis, tu parles plus de ta nuit de folie que de votre complicité philosophique !

— Évidemment, on n'a guère eu le temps de parler…

— C'est bien ce que je dis…

— Écoute, tu penses ce que tu veux, mais je ferai tout pour la retrouver.

Plus Lucian essayait de le convaincre de ne pas prendre cette aventure au sérieux, plus Arnaud s'enfonçait dans son délire. Il l'emmena voir *La Belle Époque*, un excellent film qui passait à l'Odéon, sans grand succès. Finalement, ils allèrent boire un verre chez Paul, le café en face de la galerie de Wen.

Attablés l'un en face de l'autre, ils se racontèrent des banalités, des souvenirs communs jusqu'à ce que Lucian fasse naître un sourire sur la figure de son ami.

— Arnaud, j'ai l'idée qui va bien !

— Ah ! Tu as une autre rencontre dans une autre galerie à me proposer ?

— Si j'avais, je te la servirais sur un plateau, non…

— Dommage !

— Réfléchis…

— Je ne fais que ça et ça ne m'aide pas beaucoup !

— D'après toi, si Salomé et Djuran sont de vrais amis d'Emma, ce qui est évident, puisqu'elle est passée les soutenir avant même leur expo…

— Ok, et alors ?

— Et alors, il y a fort à parier qu'elle sera là, samedi prochain !

— Pourquoi donc ?

— Le vernissage de ses amis !

Le visage d'Arnaud se transforma comme s'il avait reçu un électrochoc.

— Tu crois ça ?

— Mais oui, faut y croire… on n'a que ça !

— Elle est peut-être passée avant, parce qu'elle ne pouvait pas venir au vernissage.

— C'est le risque à courir, tu n'as pas le choix.

— Et après ce qu'il s'est passé entre nous, elle peut faire l'impasse…

— Aussi… mais si elle vient…

Arnaud ne répondit pas, il termina son verre et se leva. Lucian le regarda et lança, un grand sourire aux lèvres :

— Si elle vient au vernissage, les rôles seront inversés. Tu ne seras plus celui qui lui court après…

La semaine fut longue. La jeune femme revint de Bruxelles le vendredi soir. Logée dans un hôtel du Marais pour éviter le Bastille, elle téléphona à Salomé. Elles se retrouvèrent comme des sœurs et Emma l'emmena dans un restaurant de Montparnasse.

— Raconte-moi, votre expo, ça se présente comment ?

— On a accroché nos toiles à quatre mains…

— Je me demande comment vous faites pour peindre ensemble !

Très vite, la conversation dérapa sur l'aventure avec Arnaud.

— Ma jolie, ne me refais pas ce coup-là, on a fait ce que tu as dit, Djuran l'a envoyé sur les roses, et j'en ai remis une couche mardi dernier, mais bon…

— Comment ça mardi… il était encore là ?

— Il a pris un Booking à cent mètres de la galerie !

Emma ne répondit pas, une ride plissa son front, Salomé s'inquiéta.

— C'est du passé, on est bien d'accord ?

— Je ne sais pas, j'y pense de temps en temps, tu n'as pas été trop dure avec lui ?

— Pas tendre non plus, quand un mec s'accroche, il lui faut une bonne secousse !

— J'aurais dû le faire moi-même !

— On est d'accord, d'autant que ce n'est pas trop tard, il est toujours dans les parages, souvent au Bistrot de Paul… le café en face de la galerie !

Emma ferma les yeux, remit une mèche de cheveux en place et murmura pour elle :

— Comme ça, il n'est pas rentré chez lui… dans le Luberon…

— Non, il est à Paris, tu dois t'attendre à le revoir.

— Tu crois ?

— Ça ne m'étonnerait pas qu'il pointe sa jolie canne au vernissage…

— Alors, je n'irai pas au vernissage, tu m'excuseras auprès de Djuran…

— Mais enfin, tu ne vas pas te priver de tes amis, c'est fini, c'est fini… D'ailleurs, ça n'a pratiquement pas commencé, ton histoire avec ce type…

— J'ai fait une bêtise, je ne vais pas recommencer.

— Tu viens, tu lui expliques en deux mots, il comprendra…

— Non, je ne veux pas lui faire de mal… Tu lui demanderas son adresse, je lui enverrai un mot.

— Mais enfin, ce ne serait pas plus simple de lui dire en face que tu n'es pas amoureuse, que c'est fini…

— Peut-être, mais pas sûr…

— Tu ne vas pas nous faire faux bond, pas toi !

— On aura d'autres occasions, je suis désolée…

Salomé n'insista pas, elle savait qu'elle ne la ferait pas changer d'avis. Elle passa à un autre sujet, et les deux femmes, comme d'habitude, refirent le monde. Salomé raccompagna son amie à l'hôtel et appela un Uber. Emma lui fit un signe de la main quand la voiture démarra. Elle était fatiguée, mais n'arrivait pas à se décider à monter se coucher, elle craignait de se sentir seule, ne pas pouvoir dormir, sa fille lui manquait. Elle rentra dans le hall et demanda à la réception de lui appeler un taxi. Une demi-heure plus tard, elle débarquait au Bistrot, le café en face de la galerie à Saint-Germain-des-Prés. Paul, le patron, était seul derrière son bar.

Elle demanda un scotch, le but cul sec.

— Vous connaissez un type qui s'appelle Arnaud ?

— Arnaud, le sculpteur ?

— Oui… Où je peux le trouver ?

— À cette heure, vous avez de grandes chances de le trouver chez lui…

Emma ne répondit pas, baissa la tête et demanda un autre scotch. Paul eut un sourire en coin, il hésita et lança :

— Le scotch ne le remplacera pas

— Pourquoi me dites-vous ça ?

— Parce qu'à cette heure, une femme comme vous ne demande pas l'adresse d'un homme sans avoir envie de le rejoindre.

Elle plissa les yeux, hocha la tête. Elle n'en était plus à une bêtise près.

— C'est où, chez lui ?

Paul eut un grand sourire, la chambre du Quartier latin où logeait Arnaud lui appartenait et il la louait à la petite semaine.

— La première impasse à votre gauche, n°21, 5e étage, fond du couloir.

Emma remit ses cheveux en place, hésita, but son verre d'une traite.

— Combien je dois ?

— Laissez, je mets ça sur le compte du cachotier !

Elle n'insista pas, ramassa son sac, adressa un sourire à Paul et sortit dans la nuit. Une pluie fine tombait, inondant le trottoir. Elle enleva ses chaussures à talons pour ne pas glisser et, le temps de faire le chemin en courant, elle grimpait les escaliers et frappait à la porte de l'homme qu'elle tentait d'oublier.

Quand, vêtu d'une serviette de bain, Arnaud ouvrit, se demandant qui pouvait le réveiller à une heure pareille, il crut à une hallucination. Emma, les chaussures à la main, les cheveux et les vêtements trempés de pluie, lui souriait comme si de rien n'était. Elle fit un pas vers lui, laissa tomber ses escarpins sur le plancher, posa ses mains mouillées sur sa poitrine nue, le repoussa lentement et entra dans sa chambre comme si elle prenait possession des lieux. Elle avait ce sourire qu'il n'avait pas oublié, elle souffla :

— Bonsoir, mon toi !

Arnaud ne trouva rien à répondre. Elle enleva son manteau, le jeta sur le seul fauteuil de la pièce et se retourna vers son amant qui, statufié, les bras pendant le long de son grand corps, l'effarement incrusté sur son visage, ne bougeait pas. Emma emprisonna ses épaisses mains de tailleur de pierre dans les siennes, écarta ses bras de sculpteur pour qu'il les referme sur elle et la serre à l'étouffer.

— Tu es revenue…

Leur étreinte fut longue, à la mesure de leur manque, ils en sortirent le souffle brisé, les bras rompus. Ils avaient du mal à se parler, le bonheur de se retrouver. Elle éteignit le lustre, la nuit tomba d'un coup comme la lame d'un sabre. Elle approcha sa bouche de son oreille et souffla :

— As-tu des bougies ?

Pas de bougies. Il avait allumé son vieux briquet à essence, du temps où il était compagnon, et l'avait installé sur la table de chevet. Ils attendirent qu'il s'éteigne pour reconnaître que la nuit, c'était mieux. Le briquet éteint, les volets fermés, l'obscurité les entoura dans le bruit lointain de la rue. Ils avaient du mal à réaliser ce qu'il se passait, parce qu'ils avaient trop espéré, trop redouté ce moment, et qu'ils n'en saisissaient qu'une partie…

Pourtant, ils avaient tout ce qu'ils désiraient le plus au monde, même si beaucoup de choses leur échappaient.

Être rassemblés, dans les bras l'un de l'autre, c'était extraordinairement bon, d'une saveur sans nom. Ils avaient laissé les autres se perdre dans la nuit du dehors, ne gardant comme lumière, comme raison de vivre que le farouche éclat d'une flamme dans chacune de leurs pupilles.

Dans cette maison close, à un seul lit de grande débauche, ils s'entendaient respirer, ils s'écoutaient exister. Ils pataugeaient dans le singulier, dans le prodigieux amoureux. Ils n'avaient plus de questions parce qu'ils baignaient dans la seule réponse qui vaille. L'amour et son fabuleux cortège d'émotions.

Les heures passèrent, nuit de grands fauves à l'approche de la curée. Ils ne voulaient pas décoller leurs peaux, séparer leurs corps. Ils s'entredévoraient, arc-boutés au bord de l'abîme, avec au ventre l'irrépressible envie de s'étreindre encore plus, de prendre la chaleur de l'autre, d'élever leurs corps au même degré de brûlure. Il leur fallait se prouver qu'ils ne s'étaient pas perdus, que ce temps de carence pouvait s'oublier, que leurs étreintes pouvaient l'effacer.

Arnaud entra à nouveau dans le ventre d'Emma, preuve qu'il n'était jamais sorti de son cœur.

Elle avait ôté son collier, ses bracelets de cheville, ses bagues. Il l'avait dévêtue, ses mains l'enflammaient, les siennes l'incendiaient. Ils étaient ivres l'un de l'autre, la foudre aurait pu jaillir de leurs mains.

Il l'avait serrée comme si sa vie en dépendait. Ils passèrent la nuit à s'étreindre, à s'affronter, à se raconter. Avant de s'endormir, il voulut encore la prendre. Il la pénétra de tout son corps, de toute son âme. Ils restèrent sans bouger, l'un dans l'autre, liés, noués.

Il était resté en elle longtemps. Emma n'avait pas bougé, il était sûr qu'elle voulait ça, autant que lui.

Au réveil, elle passa sa main dans ses cheveux, sa bouche s'approcha de son oreille, il sentit son souffle l'effleurer, elle murmura :

— J'avais peur que tu sois reparti dans ton Luberon.

Il ironisa en se retournant.

— Je suis resté pour l'expo de Salomé !

— Ah oui…

— Tu as cru que c'était pour toi ?

— Oh, Arnaud !

— Je t'ai attendue, Emma, comme jamais je n'ai attendu personne !

— Je l'espérais, mais j'en avais peur !

— Pourquoi peur ?

Elle prit une profonde inspiration.

— Parce que dimanche, après le vernissage, je vais repartir…

— On se reverra…

— Je ne crois pas…

Il haussa les sourcils.

— Comment ça ? Tu n'es pas libre ?

— Pardonne-moi…

Arnaud, après un long silence :

— Te pardonner, mais de quoi ?

Elle hésita, raffermit sa voix.

— De ne pouvoir m'engager avec toi…

Il attendit avant de répondre.

Ce temps où l'on patauge misérablement avant de poser la question quand on a peur de la réponse.

— Mais pourquoi ?

— Parce que… Désolée, mais ce serait trop long à t'expliquer !

— Je ne te demande rien, juste qu'on se voit de temps en temps, je ne sais même pas où tu habites…

— À l'autre bout de la République…

— Avec ça comme adresse, je suis sûr de pouvoir un jour frapper à ta porte !

Elle baissa la tête, se réfugia dans ses bras, il lui murmura dans un souffle :

— C'est pour ça que Djuran et Salomé ne voulaient pas me donner ton téléphone !

— Je leur avais demandé de ne rien te dire, je pensais que tu partirais…

— Tu vois, je suis là…

Elle lui prit le visage dans ses mains.

— Tu m'as attendue et tu ne savais même pas si j'allais revenir.

— Pourquoi se poser des questions quand on n'a pas les réponses !

Elle le regarda. Il reprit d'une voix douce :

— J'étais sûr, après la nuit que nous avons passée, que c'était toi la femme de ma vie…

Emma ne répondit pas, elle se serra plus contre lui.

— Je dois être un grand romantique, j'ai même cru qu'on s'embarquait pour Cythère.

Elle releva la tête, le fixa avec une acuité qui lui fit détourner les yeux.

— Tu l'as su tout de suite, comme ça ?

— Quand, dans la grande lumière du petit matin, tu es sortie du lit, nue, tes longs cheveux dénoués dans le dos, j'ai su que c'était toi !

Elle éclata d'un rire tendu et finit par lâcher, comme si elle dévoilait un secret :

— Et tu t'es rendormi… J'ai failli ne pas en sortir de ce lit, tellement j'étais au chaud dans tes bras.

Ils se serrèrent en même temps, à s'étouffer.

— Je ne sais rien de toi, Emma !

Elle afficha un sourire sans répondre, lui prit la main, la posa sur sa joue, mit son doigt sur ses lèvres en murmurant :

— Tu sais que je suis là…

Le matin arriva, et cette fois elle ne partit pas, elle resta collée dans ses bras. Il se leva, ouvrit les volets sur une matinée de printemps, le ciel était bleu, l'automne la jouait été indien. Emma remua.

— Café ?

— Oh oui, s'il te plaît, Arnaud !

— Combien de sucres ?

— Deux croissants !

6

Avant qu'Emma ne se lève, il était allé chercher les croissants. En marchant dans les rues d'un Paris ensoleillé, il se souriait dans le reflet des vitrines pour être sûr qu'il ne rêvait pas. La boulangerie jouxtait la galerie de Wen. Arnaud entra et lança plus fort qu'il ne le faisait les jours derniers :

— Bonjour, Madame la boulangère !

— Bonjour, comment allez-vous, Monsieur le sculpteur ?

— Mais bien, très bien…

— Eh ben, ça se voit…

— Ah bon ?

Il avait répondu avec un grand sourire. On voyait donc qu'il était heureux.

— Eh oui, Monsieur Arnaud, ça crève les yeux, vous seriez amoureux que ça ne m'étonnerait pas !

Il ne répondit pas et, les yeux brillants, il empocha sa monnaie. Sur le trottoir, il se mit à danser comme un dégénéré mental, il avait une telle dose d'ivresse dans le sang que son bonheur se reflétait sur son visage, dans ses gestes. On a du mal à cacher sa joie quand elle est profonde… comme si on voulait la montrer, que tout le monde en profite.

— Comment as-tu fait pour tenir debout sans moi ?

— Comment ai-je fait pour tenir debout sans toi ?

Il connaissait la fragilité de l'ivresse amoureuse, mais le savoir l'enflammait encore plus, il y avait de la folie dans ce coup de foudre. Ils avaient fait l'amour comme si l'un d'entre eux allait mourir. Pourquoi l'avait-il prise comme un fruit défendu, avec douceur et tendresse, aussi avec la violence d'un proxo prenant sa gagneuse ?

Elle devait repartir après le vernissage, elle accepta de passer une seconde nuit à Paris.

— Ne te fais pas de films, mon chéri !

Arnaud n'écoutait déjà plus, il sautait de joie ; aujourd'hui, nuit comprise, il se nourrirait de son amante, des éclats de son rire, de sa voix, de son intelligence, de ses émotions. Après les croissants, ils allèrent se promener sur les quais de Seine, bras dessus bras dessous, déjeunèrent sur un bateau-mouche avant de rentrer à l'appartement. Ils étaient dans la passion, dans celle qui brûle et que rien n'étouffe, celle qui renaît de ses cendres, qui ressuscite au grand jour des brûlots de la nuit. Comment redescendre de sommets vertigineux sans en avoir le vertige ? Pouvaient-ils échapper à l'inévitable conflagration, quand Emma déserterait ?

Comment fuir quand on ne peut se détacher du regard de l'autre ?

L'amour est une insertion d'ailes plantées dans le dos, là où elles sont inatteignables aux battements des mains. Devant les joies ou les douleurs de l'amour, il n'y a pas d'armure ni de mur. Bien sûr, ils s'étaient promis de se parler pour éclaircir les choses. Ils ne surent que se taire, ne prirent que le temps de s'aimer, état d'urgence.

Ils s'habillaient pour le vernissage quand Abby appela. Comme prévu, elle rentrerait de vacances, en minibus, le samedi suivant. Emma sortit sur le palier, elles parlèrent longtemps, Arnaud se sentit écarté de la conversation. Quand elle rentra, ses yeux brillaient.

— Quel âge, ta fille ?

— Dix ans, bientôt onze, le mois prochain.

— Gentille fille ?

— Pas toujours, elle a du mal à se remettre de la disparition de son père.

— Tu es veuve ?

— Trois ans qu'Abby a perdu son père dans un accident à Johannesburg.

— Je suis désolé… Johannesburg ?

— Nous sommes originaires d'Afrique du Sud, des immigrées, comme on dit ici !

— D'où ce léger accent quand tu dis « pluie »…

Elle se rapprocha de son amant, lui prit les mains.

— Tu comprendras qu'Abby soit devenue ma seule raison de vivre !

Il y eut un grand silence.

— Je la fais suivre par un psy de Pau, mais c'est difficile !

Pau, la capitale du Béarn. Au fil des discussions, Arnaud découvrait l'histoire d'Emma, ses mystères. Il ne releva pas et sur le ton de la confidence :

— J'aurais aimé avoir une fille…

— Tu as des enfants ?

— Non…

— Ça change la vie !

— J'en suis sûr… Abby s'est habituée à son nouveau pays ?

— Pau n'est pas Johannesburg, mais elle s'y sent en sécurité !

Il ne put s'empêcher de questionner :

— Tu habites à Pau ?

— Oui, et je travaille en Andorre ; tu vois, je te dévoile beaucoup de ma vie… trop, sûrement !

— Ma chérie, je t'ai tout dit de moi…

— N'exagère pas, tu dois bien avoir quelques secrets.

Arnaud se sentit idiot… Il n'avait rien à cacher, pas de secret… pour personne, et encore moins pour Emma.

— Ce n'est pas simple de changer de pays… Elle se débrouille en français ?

— Oh oui ! Maman était parisienne, c'est elle qui m'a appris le français, j'en ai fait autant avec Abby, elle est aussi à l'aise chez Molière que dans sa langue natale.

Emma releva ses cheveux, passa une main sur son visage. Et d'une voix basse et grave, elle murmura :

— Sans elle, je ne sais pas ce que je serais devenue quand son père a été…

Elle fit asseoir Arnaud, s'assit sur genoux, le prit par le cou et lui raconta la terrible soirée qui hantait encore ses nuits, l'assassinat de son mari dans des circonstances impossibles à oublier. Il la prit dans ses bras, la berça comme une enfant et lui souffla à l'oreille :

— Abby t'a donné la force de continuer ton chemin…

— C'est vrai…

— Tu lui donneras la force de commencer le sien !

— Je l'espère de toute mon âme !

Ils firent une apparition au vernissage. Salomé les regarda arriver, bras dessus bras dessous, elle appela Djuran.

— Regarde, je n'y crois pas !

Emma l'embrassa et lui confia :

— J'ai craqué !

Salomé haussa les sourcils, contrariée, elle hocha la tête sans répondre.

— Je repars demain…

— Seule ?

— Je ne sais pas comment faire, j'ai pas envie de le quitter.

Le gitan s'approcha d'elle, entoura ses épaules de son bras et lui dit dans un souffle :

— Alors, ne le quitte pas !

La soirée se termina « Au Bistrot ». Paul, en bon patron, offrit sa tournée, Arnaud et Wen la leur, le champagne brillait dans les coupes. Emma riait comme si elle n'avait pas ri depuis longtemps.

Ils rentrèrent au studio, main dans la main comme des gamins amoureux. Ils dormirent dans les bras, dans les jambes l'un de l'autre.

Comment pouvait-elle partir au matin en brisant leur rêve ?
Il insista, elle accepta qu'il l'accompagne à Pau.

— Jusqu'à samedi prochain, mais je t'en supplie, ne m'en demande pas plus !

— Promis…

— Jure-le !

— La confiance règne… Ok, je le jure.

Arnaud aurait juré n'importe quoi sur n'importe qui. Sept jours à passer ensemble avant qu'Abby ne rentre de vacances. Il promit aussi de repartir si Abby et lui ne s'entendaient pas. Il était certain que la fille de la femme qu'il aimait ne pouvait que l'aimer.

Main dans la main, ils quittèrent le studio de Saint-Germain-des-Prés, firent leur valise et prirent un vol pour l'aéroport Pau-Pyrénées. Elle avait envie de lui montrer son loft, là où elle vivait. Elle aussi vivait dans un ancien atelier. Il apprit que le rez-de-chaussée était occupé par Salomé et Djuran, que le couple de gitan avait acheté tout le bâtiment, une ancienne fabrique de mécanique générale, avant de revendre le premier étage à Emma pour faire face aux travaux.

La navette de l'aéroport déposa les amants sur la place Royale en fin d'après-midi. Elle ne voulut pas prendre le funiculaire pour rejoindre la ville basse. Elle voulait qu'Arnaud découvre le quartier Hedas comme elle l'avait découvert à son arrivée à Pau. La descente par les escaliers et les rues tortueuses fut rude, mais quand, dans la soirée, ils aperçurent le grand portail de fer forgé de la cour, leur fatigue s'envola. Emma était heureuse de retrouver son havre de paix. Quant à lui, l'appartement eut été insalubre qu'il aurait été heureux. Les volets du rez-de-chaussée, l'atelier de Salomé et Djuran étaient fermés. Arnaud suivit son amoureuse dans l'escalier en fer qui grimpait sur la façade. Quand elle ouvrit la porte d'entrée, le sculpteur posa sa valise sur le palier et prit Emma dans ses bras. Elle voulut refuser, mais c'était une plume dans ses bras et ils entrèrent dans le loft comme de jeunes mariés franchissant le seuil de leur maison.

— Tu me fais visiter, ma chérie…

— Pose-moi d'abord, s'il te plaît.

Il sentit qu'il avait été trop loin.

— Excuse-moi, j'ai cru bien faire…

Elle ne répondit pas, le prit par la main et l'entraîna au milieu du séjour.

— Voilà, tu vois, c'est chez moi, on a bossé comme des dingues avec Abby…

Arnaud admira la grande pièce lumineuse sans cloison, la cuisine, un coin bureau, la bibliothèque. Le tout construit à l'ancienne avec des carreaux en ciment au sol, des poutrelles de fer pour soutenir la toiture, des briques et de grandes vitreries d'atelier. Dans la partie nuit, trois chambres avec leur salle de bains donnaient sur une petite cour à l'arrière du bâtiment.

En extérieur, sur la façade, trois lampes à lentilles Fresnel donnaient au bâtiment un air marin. C'était un vieil éclairage de phare que Djuran avait récupéré sur la roulotte d'un couple de gitans. Le fronton au-dessus de la porte d'entrée du logement du bas avait été fabriqué dans une épaisse feuille d'acier. Salomé en avait repeint les motifs polychromes d'origine, « Mécanique aéronavale ».

Le lendemain matin, jour du marché, ils montèrent en ville. Emma prit un gros panier en osier qu'elle plaça entre elle et Arnaud. Il comprit le message et se garda de lui prendre la main.

Christophe, le patron de la Brasserie Royale, salua la jeune femme qui venait boire des oranges pressées en terrasse l'été. Il accueillit le couple avec un grand sourire. Il était toujours heureux de voir des gens heureux. C'était sa façon à lui d'étancher sa propre soif de bonheur. Ils s'installèrent au fond du café, Arnaud commanda. Le patron revint un plateau à la main, il balaya d'un revers de torchon leur table avant d'y poser deux cafés brûlants.

— Vous allez bien ensemble, les amoureux !

Le visage d'Emma se figea un instant, Arnaud sortit un billet de sa poche.

— Combien je vous dois, Chris ?

— Pour le compliment ou pour les cafés ?

— Pour les deux !

Ils se mirent à rire, elle aussi ; les rires, les pleurs, les bâillements sont communicatifs, Panurge n'est jamais loin.

Il faisait soleil dehors, mais on supportait les parkas.

— On n'est pas bien ici, Emma ?

Elle sourit sans répondre ; il reprit :

— Je pourrais me prendre un atelier, Pau est une jolie ville, on pourrait continuer de se voir…

Elle le regarda, ouvrit la bouche pour parler, des mots qu'elle retint juste avant qu'ils ne sortent.

Les deux amants savaient qu'ils vivaient leurs derniers jours ensemble, c'était le deal, sept jours à Pau, jusqu'à ce que sa fille revienne de son stage de poney.

Ils firent le tour du marché et achetèrent fruits et légumes pour la semaine. Elle frissonna, le vent s'était levé.

— On rentre, Arnaud, j'ai froid !

Il lui prit le bras, elle se rapprocha et mit sa main froide dans la poche de son manteau. Il releva son col et, serrés l'un contre l'autre, à pas lents pour que leur étreinte dure plus longtemps, ils redescendirent les rues tortueuses du quartier Hedas, profitant de la vie, oublieux de leur avenir.

7

Quand la fille d'Emma, un bras en écharpe, débarqua d'un taxi deux jours avant la fin de son stage de poney, Arnaud, qui réparait les lattes brisées d'un banc dans la cour, alla lui ouvrir les grilles. Elle prit un air effronté qui ne lui plut pas trop.

— Bonjour, jeune fille, entre !

— Je m'appelle Abby !

Ses yeux, aussi verts et profonds que ceux de sa mère, le fixèrent un long instant comme pour le jauger, lui demander qui il était pour l'autoriser à entrer chez elle.

— Maman est là ?

— Elle range ta chambre !

Abby posa son sac dans les pieds d'Arnaud et courut vers la maison.

Le sculpteur se dit que la partie n'était pas gagnée, la jeune fille avait du caractère. Quand le jeudi matin, le directeur de l'Étrier Palois avait téléphoné pour annoncer la chute, le bras cassé et le retour d'Abby dans l'après-midi, Emma avait demandé à son amant de partir.

— Tu m'avais dit une semaine !

— Je t'avais dit jusqu'au retour d'Abby !

Arnaud avait fait de la résistance…

— Laisse-moi au moins connaître ta fille !

— Je ne crois pas que ce soit une bonne chose.

— Tu vas lui dire pour nous deux ?

— Non…

— Elle l'apprendra forcément, que lui diras-tu, alors ?

— Je ne sais pas…

— Pourquoi tu veux me cacher ?

— Parce que ça fait à peine trois ans que son père est mort, j'ai peur de sa réaction !

— Tu referas ta vie un jour, il faudra qu'elle s'y fasse…
— Je n'ai pas envie de refaire ma vie, comme tu dis…
Elle chercha ses mots.
— Je vais essayer de la continuer le mieux possible.
— Ce qui veut dire ?
— Arnaud, je t'en prie…
La bagarre était rude, mais il avait insisté.
— Après, je m'en vais, je te promets.
— Quand ?
— Samedi à la première heure
Elle avait fini par céder.

Quand, le sac d'Abby en main, il monta les escaliers, passa la porte restée ouverte, il entendit du chahut dans les chambres.
— Hello, les filles, je suis là !
La maman revint avec sa fille dans les bras, le visage rayonnant d'une joie qu'il ne lui connaissait pas.
— Abby, je te présente Arnaud, un ami.
— On a fait connaissance en bas.
Emma demanda à Abby de l'embrasser, ce qu'elle fit sans enthousiasme sur la pointe des pieds et du bout des lèvres, avant de se réfugier à nouveau dans les bras de sa mère.
— Il dort ici ?
— Oui…
— Il part quand ?
Elle hésita.
— Samedi matin, en attendant, essayez de bien vous entendre…
Arnaud s'approcha.
— Abby, je suis content de te connaître, ta maman m'a beaucoup parlé de toi !
La jeune fille ne répondit pas, se serra un peu plus contre sa mère et poussa un petit gémissement.
— Ça va, mon cœur ?

— J'ai mal, maman !

— Je vais te donner ce qu'il faut, et tu m'expliqueras…

— Oh maman, si tu savais…

Et Abby, les yeux brillants, oublia son mal, raconta son stage de pure folie : Tino, son maître de manège, un cavalier sorti du Cadre noir de Saumur, qui montait en dressage et en voltige comme un dieu ; les blagues de ses copains, les fous rires avec ses copines, son premier flirt d'enfant, son premier baiser et, le plus important, elle avait passé le galop 3 et l'avait eu du premier coup, sans une faute.

— Tu es tombée ?

— Une seule fois, Parsifal a eu peur de la chambrière de Tino.

— Parsifal ?

— Un petit cheval Barbe tout gris souris, trop gentil, mais il a eu peur…

— Et tu es tombée !

— Je suis tombée sur des cavalettis, au milieu du manège !

— Des quoi ?

— Mais des barres d'obstacles, maman !

Abby était toute fière de ses nouvelles connaissances. Emma l'écouta raconter ses vacances, elle la couvait, la regardait manger ses cookies avec du feu dans les yeux. Elle lui posa mille questions et eut mille réponses. Leur relation était totalement ouverte, fusionnelle, pas la moindre ombre entre elles. Arnaud tenta de participer, peine perdue, on lui répondit à peine.

Mal à l'aise, il décida d'aller en ville pour laisser le champ libre à leurs retrouvailles.

— Emma, je sors faire un tour.

— Ah bon, oui, si tu veux !

— Tu m'appelles si tu as besoin que je rapporte quelque chose !

— D'accord…

Il sortit sans qu'on lui demande de rester.

Le temps était un temps de novembre, il releva son col, la bruine était froide, humide. À pas lents, les mains au fond des poches de son vieux blouson, il prit les rues et grimpa un par un, à pas lents, les escaliers menant à la ville.

Le cuir le protégeait du vent, mais le froid était vif, il regretta de ne pas avoir mis un pull. Il passa devant la galerie d'art de la place Clemenceau, la seule ouverte à cette saison et qui exposait des toiles de Wenzy, un peintre bourré de talent. À la Brasserie Royale, peu de monde l'après-midi, il s'installa à l'écart, commanda un café, garda son blouson comme s'il devait repartir dans la minute. Il regarda l'heure sur son téléphone, mais c'était pour vérifier s'il n'avait pas de message. Les heures passèrent sans qu'il bouge, plongé dans ses pensées. Arnaud n'avait pas de montre, les tailleurs de pierre n'en ont pas ou pas longtemps. Les massettes et marteaux sont plus résistants que les mouvements d'horlogerie, fussent-ils suisses. Il avait espéré qu'Emma l'appelle pour lui demander ce qu'il faisait, à quelle heure il comptait rentrer, mais le téléphone posé en évidence sur la table ne vibra pas.

Vers les 18 heures, Christophe, le patron, qui l'avait reconnu, l'observait depuis un moment, alla lui servir un double pastis, les simples ne devaient pas exister dans ce bar.

— Tenez, pensez à vous faire du bien et n'oubliez pas de mettre de l'eau…

— C'est malin, moquez-vous !

Chris posa la main sur son épaule.

— Vaut mieux rire que pleurer, d'autant que ça ne change pas grand-chose aux problèmes.

Arnaud avait toujours été étonné par la propension de certains bistrotiers à percer le mental de leurs clients. Pas facile de les tromper, c'étaient des intuitifs, des connaisseurs de l'âme humaine. Ils marchaient à l'instinct, n'avaient pas besoin de mots savants pour inventer ceux qui réconfortaient. Ils ne diagnostiquaient pas, les César de la limonade, ils soignaient…

Leurs établissements étaient de fabuleux théâtres à l'aune de la société, leur pharmacopée des inventaires à la Prévert de poisons magiques. Christophe, c'était le patron standard, d'une lucidité à toute épreuve, pas étonnant que les hommes d'affaires de tout poil viennent déguster les huîtres, le jurançon et le madiran dans sa brasserie.

La nuit tombait tôt en hiver. Arnaud se décida à rentrer, il acheta un dessert à la pâtisserie qui jouxtait la Royale, de jolies anémones à la fleuriste d'en face. Il évita le bouquet de roses rouges, pas sûr que la jeune arrivante les apprécierait. Il n'avait pas tort.

Il comprit à sa tête qu'elle se serait volontiers passée de sa présence, qu'il lui serait difficile de gagner la bataille. Ce rejet lui fit du mal, parce qu'Emma ne semblait rien voir. Elle avait préparé un festin, c'était la fête, les rires, les éclats de voix, les retrouvailles d'une mère et de sa fille. Arnaud pensa à la fille qu'il n'avait jamais eue, à ce quelque chose de terriblement définitif.

Le biryani au poulet, le plat préféré d'Abby, sa maman le préparait depuis le matin, un plat traditionnel d'Afrique du Sud, préparé avec du riz, des épices, du blanc de poulet et des légumes. La jeune fille battit des mains et se régala aux premières bouchées. Il se crut obligé de participer.

— Fameux, vraiment, je ne connaissais pas ce plat !

— C'était le plat préféré de mon papa !

— Ton papa avait bon goût…

Emma lui fit signe de ne pas continuer sur le sujet. Abby, à l'évocation de son père, avait les larmes aux yeux…

— Allez, mon cœur, si ton papa te regarde de là-haut, il ne veut pas que tu pleures…

Arnaud essaya de trouver un autre terrain d'échanges, mais il se buta à chaque fois à Abby. La vraie vedette, c'était elle, et elle n'entendait pas se laisser ravir la place. Il comprit que dans le couple mère-fille, il n'était aimé que par une seule. Il le sentait à chaque regard appuyé d'Abby, à son indifférence aussi.

Bientôt, il n'exista plus que pour passer les plats, la carafe d'eau, le poivre, le sel, et du coup, sa soirée en manqua. Il avait la sensation de ne pas être à sa place, malgré les attentions d'Emma qui ne manquait pas une occasion de lui sourire furtivement, d'égarer trop vite une main sur sa nuque, d'ébouriffer ses cheveux au passage.

Ce fut le premier soir où il alla se coucher avant elle. Dans la chambre, il se demanda s'il avait eu raison de vouloir connaître Abby. Avec elle, une Emma qu'il ne connaissait pas apparaissait. Il se sentit très seul. Dans cette chambre où ils se donnaient passionnément l'un à l'autre chaque nuit, il eut l'impression de la perdre. Il l'entendait parler, rire avec sa fille, il était heureux de ces retrouvailles, mais quelque chose de précieux s'en allait sans qu'il ne puisse rien faire pour l'empêcher.

En se couchant, elle n'alluma pas, ne le réveilla pas. Elle avait mis une nuisette, elle qui dormait toujours nue, collée contre lui. Elle s'endormit aussitôt… Lui tournait, se retournait en essayant de ne pas la réveiller. Il s'endormit tard et ne l'entendit pas sortir du lit au matin.

Quand il se leva, elles avaient déjeuné et étaient sorties, il mit un caleçon pour prendre son café debout contre la fenêtre. Dans le ciel, les nuages étaient bas. Sur le bureau, le mobile d'Emma sonna. Il hésita et décrocha. Une voix d'homme demanda à parler à Lilith. Arnaud eut un moment de flottement.

— Allô, qui voulez-vous ?

— Lilith, je vous prie !

La voix était grave, le ton était sec, professionnel.

— Qui ça ?

Il y eut un temps d'attente, Arnaud n'entendait qu'une respiration, l'homme reprit :

— Emma, si vous préférez…

Le numéro qui s'affichait sur le mobile commençait par un indicatif qu'il connaissait. La mémoire lui revint d'un coup, c'était celui d'Andorre. Il y avait séjourné en tant que compagnon du Tour pour restaurer la rosace de l'église romane d'Andorre-la-Vieille. Il comprit que Lilith et Emma étaient la même personne. Il hésita. À l'autre bout du fil, l'homme s'impatienta.

— Allô, allô ?

Arnaud mit sa main sur le micro pour brouiller sa voix.

— Allô, oui, excusez-moi, je vous entends mal, elle est sortie, elle sera là en fin de matinée.

— Mais qui êtes-vous ?

— Un ami de passage…

— Un ami ?

Il y eut un silence avant que l'homme ne reprenne :

— Veuillez lui dire que je l'appellerai ce soir !

Arnaud demanda qui appelait, mais on lui raccrocha au nez.

La mère et la fille, bras dessus bras dessous, revinrent les bras chargés de courses pour la rentrée scolaire. Il avait mis le couvert, fait réchauffer le biryani au poulet. Lorsqu'il mit Emma au courant du coup de fil, elle se rebiffa.

— Tu as répondu, mais de quel droit ?

— Excuse-moi, j'ai pensé que ça pouvait être urgent…

— À mon sens, ça pouvait attendre que je revienne. Qui était-ce ?

— Je sais pas, il va rappeler ce soir… mais ça venait d'Andorre.

— Comment tu sais ça ?

— L'indicatif, j'ai travaillé sur l'église d'Andorre-la-Vieille.

— Ah, tu es sûr ?

Ce jour-là, malgré des efforts communs, la relation avec Emma changea. Il n'était plus l'amant roi, mais l'amant tout court. Il était un obstacle à la relation fusionnelle qu'elle entretenait avec sa fille. C'était un peu plus évident à chaque heure qui passait. Elle le sentit, s'en défendit, s'arrangea pour que tout se passe bien, mais c'était peine perdue. Abby faisait un travail de sape efficace, la fillette ne faisait pas de cadeau. Pour changer d'atmosphère, le dernier jour, ils partirent tous les trois à Céret visiter le musée des Beaux-Arts. Ils déjeunèrent en route, et en début d'après-midi, ils entrèrent dans La Mecque du Cubisme avec Picasso, Braque, Dali et les autres. Arnaud découvrit que Chagall écrivait, signait comme il peignait, avec les mêmes envolées. La visite lui rappela son compagnonnage, les expos, les musées dans les villes où il était envoyé pour travailler. Les notes qu'ils prenaient pour ses devoirs du soir, les causeries avec les maîtres, les discussions lors des repas fraternels, tout un monde lié par la recherche du même Graal… Il fallut qu'elles insistent pour partir, il n'en finissait pas de se repaître des sculptures de Maillol, le sculpteur de Banyuls.

Au retour à Pau, personne ne voulait aller se coucher, ils dînèrent à La Brasserie Royale, d'huîtres, de vin et de glaces au caramel salé. Le patron, les yeux rieurs, conseilla un blanc sec de Gaillac. Belle soirée où les yeux pétillaient, où Arnaud retrouva les yeux amoureux d'Emma. Abby s'en aperçut et demanda à rentrer. À peine arrivée au loft, elle partit dans sa chambre sans embrasser sa mère. Il n'y fit pas attention et se mit à lire un bouquin acheté au musée, Joseph-Sébastien Pons, un poète de langue catalane, ami intime d'Aristide Maillol. Il aimait ces livres, ces écritures d'artiste.

Emma était plongée dans un dossier reçu par mail, il savait qu'elle préparait un rendez-vous professionnel. Le téléphone sonna. Elle sursauta et laissa le répondeur. Après le message, la voix grave d'un homme se fit entendre, la même que celle du matin.

— C'est moi, je ne sais pas où tu es, mais les vacances sont terminées, ma petite, j'ai du travail pour toi…

Il y eut un silence.

— Ne me fais pas attendre !

Elle se tourna vers Arnaud.

— C'est mon patron, Farrell, Zacharie Farrell…

Il enregistra le nom, il se renseignerait plus tard… Il ferma son bouquin et s'entendit dire :

— Emma, il faut qu'on parle !

— Je sais, mais je n'en ai guère envie !

— Moi non plus, mais on n'a pas le choix, je pars après-demain !

Elle se leva, alla dans la petite chambre et revint avec un grand sourire.

— Elle dort…

Elle s'assit sur les genoux d'Arnaud, passa son bras autour de son cou, il sentit ses lèvres effleurer les siennes. Il eut tout de suite envie d'elle. Son sexe frémit, se dressa. Elle le sentit, se cambra et remonta sa jupe. Il n'eut qu'à se défaire pour la prendre. Ils firent l'amour tendrement sans bruit, les yeux fermés, le cœur battant la chamade.

Pourtant, les dés étaient pipés, ils n'arrivèrent pas à se parler. Il l'emporta jusqu'à leur lit où ils s'allongèrent tout habillés, il avait besoin qu'elle comble le vide qu'il avait en lui. Elle lui caressa le visage pour qu'il s'endorme et il lui caressa le ventre pour qu'elle se réveille. Il la voulait présente, vivante, toute à lui. Elle se leva, farfouilla dans un tiroir et sortit une fine cordelette de soie rouge qu'elle coupa en deux.

— Tu la porteras en souvenir de moi !

Elle noua le cordon au poignet d'Arnaud et lui tendit la deuxième moitié.

— À toi de le nouer à mon poignet pour que je me souvienne de nous.

Ils se regardèrent comme si c'était la dernière fois. Ils avaient tous les deux des larmes dans les yeux…

C'est le moment que choisit Abby pour se réveiller et venir dans la chambre quémander un baiser à sa mère. Elle remarqua les cordons attachés à leurs poignets et chuchota assez fort pour qu'il entende :

— Quand est-ce qu'il s'en va ?

Emma ne répondit pas tout de suite. Elle se leva, lui prit la main.

— Retourne dans ta chambre, il faut que je parle avec Arnaud.

La fillette repartie, allongés l'un contre l'autre, ils se serrèrent et ne se décollèrent pas de la nuit. Ils savaient que la vie tentait de les séparer, ils voulaient simplement s'arracher le cœur sans trop l'abîmer.

Le dernier jour, au petit-déjeuner, il avait tenté d'éclaircir la situation.

— Maintenant qu'on est ensemble, tu pourrais penser à lâcher ton travail en Andorre.

— Je n'ai pas le choix !

— Tu démissionnes, c'est tout !

— Je ne peux pas lâcher Farrell, encore moins ce job…

— Suffit de vouloir !

— Tu ne sais rien de mon passé…

Ils restèrent un moment silencieux avant qu'il ne reprenne d'une voix moins assurée qu'il n'aurait voulu :

— C'est peut-être moi, ton avenir !

La réponse vint tout de suite.

— Qui me dit que tu seras encore avec moi dans six mois, dans cinq ans…

Arnaud haussa les épaules sans répondre.

— Mon travail me permet d'élever ma fille, et crois-moi, ça n'a pas été facile de le décrocher.

— N'exagère pas, tu es hyper compétente et tu vas le rester longtemps.

— Sauf, Monsieur le Français, que je suis étrangère, veuve, n'ayant droit à rien, et que mes diplômes ne sont pas reconnus dans ton pays !

Arnaud ne trouva rien à répondre. Elle reprit, sûre de ses vérités :

— La concurrence aussi est hyper compétente… J'ai bientôt trente-deux ans, je côtoie des filles qui ont cinq ans de moins et un master de plus.

— Emma, je suis sûr que tu es la meilleure !

— Tu es en veine de compliments, bravo, voilà qui va nous permettre d'avancer.

Arnaud se tut et se contenta de faire le tour de la cuisine. De retour à son point de départ, il posa les deux mains sur le dossier d'une chaise avant de reprendre, sans la regarder :

— Tu m'as bien dit que ton patron appréciait tout particulièrement ton travail, tes compétences juridiques, non ?

— Exact, en Andorre, parce qu'en France, pas une société ne m'embauchera aux mêmes conditions… Je n'y peux rien, et pour l'avenir de ma fille, je dois mettre un maximum de côté !

— Chez moi, dans le Luberon, tu pourrais l'enlever de son pensionnat !

— Avec toi, je ferais quoi de mes journées ? Comment pourras-tu subvenir à nos besoins avant que je trouve un travail… à condition que j'en trouve un !

— Je ne sais pas, il faut…

— Il faut ne suffit pas, comment ferais-tu pour nous protéger si on nous voulait du mal…

Elle resta un long moment, silencieuse, perdue dans ses pensées. Quand elle releva la tête, à son visage crispé, il sentit qu'il avait perdu la partie. Elle reprit, ses yeux n'étaient plus que deux fentes d'un vert profond :

— Et on nous veut du mal, Arnaud… Je t'en ai parlé, je ne peux pas tout te raconter, trop long et je n'ai pas envie.

— Tu m'en as dit bien assez pour que je comprenne…

— Abby a besoin de moi et je ne la mettrai jamais en danger !

Elle était sortie avant qu'il ne puisse répondre. Le soir même, ils décidaient de faire un break, sachant pertinemment que leurs chances de se retrouver étaient nulles. Dans la nuit, il avait essayé une fois encore, lui avait demandé de le rejoindre avec Abby, de vivre ensemble, de quitter Andorre. Elle avait posé sa tête sur son ventre nu, sans répondre, il n'avait pas insisté, il avait eu l'impression de lui demander l'impossible.

Elles l'accompagnèrent à la gare, le train n'eut pas de retard. Il revoyait la petite, un sourire cruel aux lèvres, agiter sa main, Emma, immobile, silhouette glacée, statufiée sur le quai. Ils s'étaient retrouvés et ils se quittaient en silence. Les mots étaient inutiles. Sauf que les deux amants étaient liés comme les deux ventricules d'un cœur… Sauf qu'ils ne pouvaient battre l'un sans l'autre. Ils s'aimaient, savaient que ce serait compliqué, douloureux de se perdre.

Depuis, il ne pouvait s'empêcher de penser à elle, il aurait tellement voulu qu'elle vienne vivre à ses côtés. Il gardait l'image de sa silhouette, statufiée sur le quai de la gare alors que le train démarrait. Elle, droite, immobile, les yeux brillants, et sa fille, la petite Abby, accrochée à sa main.

Emma n'avait pas bougé, n'avait pas agité la main, et cette immobilité lui pesait.

8

Le soleil d'hiver était pâle au-dessus des collines du Luberon. Dehors, en blouse, son carnet de croquis en main, Arnaud se préparait à sculpter. Trois mois bientôt qu'il était parti de Pau et revenu à son atelier. Il avait eu du mal à retrouver l'envie d'aiguiser ses burins pour attaquer la dernière livraison de marbre… Il avait commencé à immortaliser au ciseau la bouche d'Emma dans un bloc de marbre blanc.

Leur séparation ne passait toujours pas, mais se remettre au travail, l'effort physique, mental, lui faisaient du bien.

Elle n'appelait plus, n'envoyait plus de mails. C'était mieux pour lui, car à chaque fois, il oscillait entre le bonheur que ses messages lui procuraient et le mal qu'ils lui faisaient. Depuis, le téléphone ne servait qu'à visualiser les photos de son visage, de sa bouche. Il aurait tellement aimé qu'elle pose pour lui.

Comme chaque matin, il mit en marche son vieil Android. Son cœur battit plus fort : Emma avait laissé deux appels. Il écouta le premier, passé la veille dans l'après-midi : « *J'ai continué difficilement mon job sur Andorre où Abby a maintenant son école. Tu me manques, je vois Farrell, ce soir. Je te garde en moi !* »

Arnaud s'adossa au bloc de marbre. Une immense joie l'envahissait lentement ; soudain, le soleil était moins pâle, les oiseaux chantaient plus fort, tout changeait. Elle était en Andorre et elle voyait son patron ce soir.

C'était certain, elle avait décidé de démissionner, de venir le rejoindre avec Abby.

— Je lui manque…

Le second message était arrivé à 1 h 07.

« Arnaud, je me suis mise malgré moi dans une situation très dangereuse. S'il m'arrivait quelque chose, je t'en prie, prends soin de ma fille.

Je t'embrasse. Emma »

La douche était froide. Il sentit l'adrénaline se cogner au bout de ses doigts. Il écouta plusieurs fois le message pour être sûr de bien comprendre. Entendre Emma si effrayée lui était insupportable, sa voix était si basse, si angoissée. Il appela et tomba directement sur le répondeur, son inquiétude grossit d'un cran.

Qu'est-ce qui avait pu se passer ?

Il résista à la tentation de partir dans la minute en Andorre, là où Zacharie Farrell avait établi sociétés et sièges sociaux. Elle pouvait être revenue à Pau dans la nuit. À Andorre, il connaissait l'église romane Saint-Estève où il avait passé quelques semaines à réparer la rosace, il ne serait pas en terre inconnue. Arnaud avait activé ses connaissances, fait des recherches pour savoir qui était cet affairiste connu pour avoir réussi dans l'immobilier d'exception. Ce propriétaire d'un pub et d'une boîte à succès au cœur de la Principauté était un puissant.

C'était sûr, Emma mettrait Abby à l'abri avant de penser à sa propre sécurité. Il la rappela et lui laissa un message pressant pour qu'il sache où la rejoindre. C'était le milieu de matinée, il se donnait jusqu'à la nuit avant de partir. Son sang bouillonnait, il vérifia l'huile du Dodge qui refusa de démarrer, la batterie était trop faible, longtemps qu'il aurait dû la changer. Il pesta contre son habitude d'attendre toujours le dernier moment pour faire les choses.

Il brancha le pick-up sur un chargeur et, dans un nuage de gaz d'échappement, le gros moteur démarra. Il le laissa tourner au ralenti et rentra jeter des vêtements d'hiver dans un sac en prévision du froid qui régnait en montagne. Il hésita devant le fusil de son père, accroché au-dessus de la cheminée, une sorte de pressentiment le poussait à l'emporter… en même temps, cette redoutable arme de chasse, longue et à double canon le mettait mal à l'aise. Il se décida ; après tout, il valait mieux la prendre et ne pas s'en servir. En revanche, elle ne passerait jamais la douane d'Andorre. Il hésita un long moment avant de bloquer les canons dans l'étau, les bourra de chiffons…

— Désolé, papa, excuse-moi, mais c'est pour la bonne cause…

Arnaud brancha sa disqueuse et, dans des gerbes d'étincelles brûlantes, coupa sans effort les deux canons. Il releva ses lunettes de protection, essuya la sueur de son front et débloqua l'étau.

— J'ai l'impression de préparer un braquage !

Quarante centimètres en moins, le fusil était plus léger et avait pris une autre allure, plus meurtrière. Il engagea deux cartouches, enclencha la sécurité et roula l'arme dans un torchon avant de la cacher sous le siège conducteur du pick-up.

Si, depuis leur séparation, il n'intervenait plus dans la vie d'Emma, ce message qui n'était autre qu'un appel au secours lui en donnait le droit. Il se doutait que la partie ne serait pas facile s'il devait affronter Farrell et son service de sécurité. À midi, elle n'avait toujours pas appelé. Il ne tenait plus en place. Cette attente n'en finissait pas. Pour s'occuper l'esprit et les mains, il sortit dans la cour recouvrir d'un linge le marbre et le sourire d'Emma.

Pour ne pas devenir fou, il reprit marteau et burin et attaqua la division en deux parties d'un bloc de marbre blanc de Paros. Cela lui permettrait de ne plus penser. Il se concentra sur sa tâche. Le monolithe de pierre, posé sur deux traverses de chemin de fer, approchait la tonne. Le marteau bien en main, Arnaud suivit au burin la ligne de brisure. Creuser l'entaille lui prit une bonne heure, ensuite, il posa des coins dans la fissure, et petit à petit, sous les coups, elle s'agrandit jusqu'à ce que le marbre craque et s'ouvre en deux. Il pensa aux marbriers de l'île de Paros qui, depuis l'Antiquité, opéraient de cette façon pour extraire et tailler des blocs. En sueur, la chemise trempée, il regarda les deux blocs et cela lui redonna confiance en sa force. Dans sa poche, le téléphone ne sonnait toujours pas. Il passa à l'atelier boire un verre d'eau et, en passant à côté du Dodge, il cala le marteau à côté du fusil sous le siège. Après tout, une massette de deux kilos, c'était aussi une arme, et celle-là, il savait s'en servir.

L'attente dura jusqu'à trois heures du matin. C'est très long une soirée quand la femme que l'on aime est en danger. Le téléphone sur la table de l'atelier vibra.

— Allô, Arnaud ?

— Enfin, c'est toi, où es-tu, Emma ?

— Je suis en voiture, partie d'Andorre pour Pau. Oh, mon cœur ! Je t'en supplie, viens vite, je t'expliquerai !

Il n'eut pas le temps de répondre, la communication avait été coupée ou elle avait raccroché. Il ragea contre les réseaux téléphoniques des Pyrénées, tenta de la rappeler sans succès.

Angoissé mais soulagé d'apprendre qu'elle se rendait dans son loft à Pau, il calcula le temps de route pour la rejoindre. Le GPS indiqua 576 km, cinq heures quarante-trois, moins en roulant vite, il n'y avait pas de temps à perdre, il ne serait rassuré qu'en la serrant fort dans ses bras.

Son sac de compagnon du devoir dans la voiture, Arnaud s'installa au volant et démarra. Il appela Phanie qui devait passer dans la journée pour les premières poses d'une Aphrodite, c'était son modèle préféré et aussi une grande amie. Depuis sa séparation, elle était sa confidente, sa consolatrice aussi, ils se connaissaient depuis l'enfance.

— Désolé pour la pose de cet après-midi, Phanie, je pars à Pau, Emma a des ennuis. Peux-tu prévenir l'ami Lucian ?

— Le Morvandiau… bien sûr !

— Je reviens très vite !

— Ok, si tu as besoin, n'hésite pas.

— Merci, mais je vais tâcher de régler ça moi-même…

— Tu es bien remonté, sois prudent… C'est quoi les ennuis de ta belle ?

— Je n'en sais rien, son boss, je pense… Elle a dû faire quelque chose qui n'a pas plu.

— Dans ce milieu, ce n'est pas étonnant.

— Milieu de merde, je vais te mettre ce Farrell d'équerre !

— Ne joue pas les justiciers, Arnaud, tu as affaire à forte partie…

— Ce n'est pas en jouant les diplomates que je pourrai battre ces gens-là !

— Peut-être, mais ce n'est pas une raison pour faire n'importe quoi.

— J'ai pris de quoi les convaincre.

— Comment ça ?

— Rien…

— Tu m'inquiètes, ne fais pas l'idiot !

Et la conversation s'interrompit à la sortie d'un virage. Arnaud jura et jeta le portable sur le tableau de bord. Le Luberon avait aussi son quota de réseaux défaillants.

Une demi-heure plus tard, un panneau signalait l'entrée d'autoroute à trois kilomètres. Il serait à Pau au matin. L'inquiétude le rongeait. Il n'arrêtait pas de répéter :

— Mais dans quel pétrin s'est-elle fourrée ?

Il fit le plein avant l'autoroute. Les lumières de la station 24/24 étaient lugubres, pas un chat, l'endroit était tristement désert. Quand il redémarra, il eut le pied lourd sur l'accélérateur, la noria des chevaux du gros pick-up ne se fit pas prier pour grimper dans les tours.

À l'entrée de l'autoroute, distribution automatique de ticket, personne, là aussi un désert humain. Peu de circulation à cette heure, des camions, il accéléra, les tôles du Dodge vibrèrent et l'énorme moteur répondit avec un bruit d'enfer. Sa vitesse fut vite au-delà du raisonnable, Arnaud se fichait des radars fixes, mais il ne faudrait pas qu'il se fasse arrêter par une patrouille zélée. Les flics l'obligeraient à abandonner permis et voiture au bord de l'autoroute. Il n'arrivait pas à lever le pied, trop de rage, de colère en lui, savoir Emma en danger le rendait fou. Il était prêt à malmener Farrell. Il marmonnait toutes les trois minutes :

— Bon Dieu, touche-la seulement et je t'explose la tête !

Son regard renvoyait sans ciller les phares des véhicules qu'il croisait, les bandes blanches défilaient, les aires ressemblaient à des oasis désertées.

La sonnerie du téléphone le tira de ses obsessions, il sursauta, leva le pied pour répondre, espérant que ce soit elle. C'était Lucian ; il lança un juron, écrasa à nouveau l'accélérateur sans répondre. Il voulait que la ligne reste libre pour les appels d'Emma. C'était sans connaître la ténacité du Morvandiau, de guerre lasse, au sixième appel sans message, juste avant que le répondeur ne s'enclenche, il décrocha.

Au bout du fil, son ami d'enfance, celui qui avait partagé toutes ses vacances dans le Luberon où les parents de Lucian avaient une maison. L'amitié ne se décrète pas, elle est ou pas… et pour ces deux-là, elle était.

Malgré des liens très forts, ils se voyaient peu, la vie les avait séparés. Lucian Souberou avait choisi une carrière en accord avec sa nature profonde de va-t-en-guerre. Le choix n'avait pas été simple, trois ans d'école d'architecture avant de renoncer et d'enfiler l'uniforme des commandos pour partir se battre en Afrique. Mais peu importaient leurs différences, les deux savaient qu'ils pouvaient compter l'un sur l'autre.

— Allô !

— Salut, Arnaud, c'est moi.

— Ah ! Je suis sur la route.

— J'ai eu Phanie, c'est quoi cette histoire ?

— Je descends à Pau !

— Je t'entends mal, qu'est-ce que tu vas fiche là-bas ?

— Je ne sais pas encore, c'est compliqué.

— Tu vas la rejoindre, c'est ça… Tu ne peux pas l'oublier cette fille, c'est terrible, elle ne t'apportera que des…

Arnaud le coupa, il connaissait l'opinion de son ami sur Emma et n'avait pas envie de l'entendre.

— Elle s’est mise dans un sale pétrin, je vais tâcher d’arranger les choses…

— Je ne t’entends pas !

— C’est mon moteur qui fait un bruit du diable, je te la fais courte : je pense qu’elle a un sérieux différent avec son patron !

— À quel sujet ?

— Je n’en sais rien, je crois qu’elle avait envie de quitter le navire !

— Ah, et ça n’a pas été apprécié !

— J’en ai peur, oui.

— C’est toi qui me fais peur, tu m’as déjà parlé de ce Farrell… Fais attention, tu ne sais pas de quoi ces gens-là sont capables !

— On verra, j’ai de quoi les faire réfléchir !

— Qu’est-ce que tu dis ?

— J’ai pris le fusil de mon père au cas où !

— Arnaud, tu es devenu fou ?

— Va voir le pedigree de ce type, tu comprendras !

Lucian se leva brusquement de son lit et passa un peignoir. Il était chez lui, dans son manoir de Couhard, aux portes du Morvan, quand Phanie l’avait réveillé pour lui annoncer que le sculpteur partait en pleine nuit se mesurer à un financier Andorran. Pieds nus sur les carreaux, il rejoignit le bureau dans la petite tour qui donnait sur les remparts d’Autun la Romaine. De là, il voyait la cathédrale et la Vierge de la tour des Ursulines, comme toujours, cela le rassura. Il rétorqua sans prendre le temps de réfléchir :

— Tu me dis, je dégringole avec la cavalerie !

Ce n’était pas une promesse de circonstance. Lucian était un combattant naturel, toujours prêt à en découdre pour les bonnes causes. Il ne fallait pas s’en prendre à ses amis et surtout pas à Arnaud qu’il aimait comme un frère.

— J’espère que ce ne sera pas nécessaire…

— Espérer ne suffit pas toujours !

— C'est pourquoi j'ai demandé à Phanie de te prévenir… Ne te fais pas de souci, s'il y a du grabuge, je t'appelle !

— Essaye de le faire avant !

— Ça marche…

Il y eut un temps sans paroles.

— Arnaud, s'il te plaît, ne fais pas le con…

— Comment ?

— Ne fais pas le con !

Il avait dû crier pour que Lucian l'entende.

— Je vais essayer…

— Ralentis, bon Dieu, tu vas la tuer ta machine !

Arnaud raccrocha, l'appel de son ami lui avait remonté le moral. Son expérience ne serait pas de trop si les choses dérapaient.

À l'autre bout de la République, Lucian jura pour se soulager, alluma son ordi et consulta les archives en ligne de *Gara*, le journal basque espagnol de San Sebastian. Les chroniques concernant l'Andorran lui suffirent, il ne confierait pas ses économies à ce parangon du businessman sans scrupule.

Le Dodge avait de l'appétit, Arnaud s'arrêta pour refaire le plein à hauteur de Toulouse. Depuis son départ il ressassait, cherchait ce qui n'avait pas fonctionné avec Emma.

— Comment ai-je pu déserter de ses bras ?

La séparation, il l'avait subie… même s'il l'avait acceptée, c'était ça, l'instinct de survie… Savoir trancher dans le vif avant que ne s'installe la gangrène. Mais depuis qu'il l'avait quittée, plus rien n'allait. Il avait l'esprit, le cœur et le corps trop serrés pour respirer normalement, ses pensées restaient muselées dans une sorte de carcan mélancolique. « Ah, si j'étais aussi fort qu'avant ! », se répétait-il en maudissant l'accident qui l'avait tant diminué.

Quand on travaille sur les toits des cathédrales, plus près des étoiles que du sol et qu'on approche le quintal sur la balance, les erreurs sont interdites. La sienne aurait dû être fatale, douze mètres de chute, avant d'atterrir sur un tas de vieux chevrons pourris jusqu'à l'os… Les siens n'avaient pas été épargnés : un panel de fractures, de plaies, et le bassin en plusieurs morceaux. Deux ans et ça se voyait encore, il traînait la patte, c'était léger, mais définitif. Pas de quoi pour autant se retourner sur lui dans la rue, Emma disait même que ce léger déséquilibre ajoutait à son charme.

Il avait fait semblant d'y croire quand elle lui avait lancé, la veille de leur séparation, alors que les jeux étaient faits :

— Très sexy, mon Arnaud, ta démarche de marin en goguette !

— Tu te moques…

— Mais non, je t'assure !

Elle avait ri comme rient les enfants quand ils sont pris en faute et avait repris sa lecture. Vivaldi jouait la *Saison un* sur France Culture… Le soleil perçait les immenses fenêtres du loft.

— Je suis un homme de la terre !

Elle avait relevé la tête.

— Oh, les mers n'ont pas besoin de toi, elles se sculptent toutes seules !

— Alors qu'on a besoin des tailleurs de pierre pour que les orages s'échappent en bon ordre des gargouilles.

Elle avait posé son livre sur ses genoux, l'avait regardé avec tendresse.

— Tu serais donc un grand faiseur de cascades !

— Mais oui, je fabrique des fontaines dans du beau granite pour vous protéger de la pluie !

Elle éclata de rire et son rire redonna à la journée un voile de bonheur.

Ce rire, ce bonheur en branche, c'était juste avant, avant que le métier d'Emma ne montre son vrai visage, avant qu'Abby, sa fille, ne vienne perturber leur idylle et s'interpose entre eux.

9

Sous les fesses d'Arnaud, la banquette du Dodge donnait des signes de fatigue, les trois cent mille kilomètres de routes et de chemins avaient eu raison de ses ressorts. Malgré la vitesse, le gros moteur tournait comme une horloge. Le pick-up fit un écart, la tenue de route n'était pas son fort. Le sculpteur ne leva pas le pied pour autant.

La voix d'Emma tintait à ses oreilles. Elle lui manquait cruellement. Il essaya de chasser les images de leurs retrouvailles dans la chambre du Quartier latin. Comment ne pas se souvenir de cette dernière nuit à Pau où ils étaient restés serrés dans les bras l'un de l'autre. Il plissa les yeux. Comment ne pas se souvenir que ses longues mains noueuses rivées sur le volant l'avaient déshabillée lentement, puzzle à l'envers.

Trois mois depuis leur séparation. Elle lui manquait toujours, atrocement. Les bandes blanches de l'autoroute s'engouffraient à la vitesse du son sous les roues du Dodge. Arnaud pensait à celle qu'il allait rejoindre, celle qu'il n'avait pu oublier. Sans être du monde des affaires, le sculpteur avait compris que la protection de Farrell avait plus l'allure d'un pacte avec le diable que d'un avantage salarial. De là, à supposer qu'elle n'était pas libre d'agir à sa guise, il n'y avait qu'un pas. Ce type avait profité de la précarité dans laquelle Emma se débattait depuis le meurtre de son mari, pour la réduire à sa merci.

— Quelle énorme gaffe a-t-elle bien pu commettre ?

En roulant, il imaginait des scénarios plus fous les uns que les autres. Il avait une peur panique qu'on leur fasse du mal et ses longues mains musclées de tailleur de pierres serraient le volant à le briser.

Malgré le raffut du moteur, la voix d'Emma tintait à ses oreilles.

Le château au sommet de la ville de Pau surgit sur le matin, le Dodge s'était fait flasher trois fois par des radars fixes, la note serait salée, mais il s'en fichait. L'important n'était pas de garder son permis, mais de les retrouver, mère et fille, de les mettre en sécurité.

Le quartier de Hedas situé tout au bas de la ville était tranquille. Arnaud ralentit et se faufila dans les rues étroites. Quand il arriva aux anciens ateliers, les grilles de fer de la cour étaient grandes ouvertes.

— Pas normal !

Il entra, stoppa, descendit en catastrophe. La porte du rez-de-chaussée où logeait Salomé et Djuran était entrouverte, l'entrée allumée. Intrigué, il appela, délaissant l'escalier extérieur montant chez Emma.

— Oh, il y a quelqu'un ?

Pas de réponse ; sur ses gardes, les poings fermés, il entra et eut un geste de recul en découvrant Salomé allongée de tout son long sur le carreau.

Salomé eut un gémissement quand il dégagea ses cheveux de son front ensanglanté ; une longue coupure de la tempe au front, l'œil droit meurtri, gonflé, ne laissaient aucun doute sur la violence du coup. Il sentit la rage monter en lui.

Quel genre de type était capable de faire ça ?

Il courut à la salle de bains mouiller une serviette et tenta de la ranimer en la lui passant sur le visage avant de compresser la plaie. La jeune femme grogna et revint lentement à elle.

— Elle est où Emma ?

Mille questions se pressaient dans la tête d'Arnaud, mais Salomé, sonnée, n'était pas en mesure de répondre. Il l'assit contre le canapé, sortit comme un fou et grimpa quatre à quatre l'escalier du loft.

— Emma, Emma !

Là aussi, la porte était grande ouverte, il s'arrêta un instant sur le seuil devant les meubles renversés, le vase cassé et l'eau, les fleurs par terre. Il fonça dans la chambre. Sur le lit, une valise à moitié vide et des vêtements en désordre autour. Le sculpteur poussa un rugissement et redescendit en catastrophe, les marches de métal tremblèrent sous son poids. Au rez-de-chaussée, Salomé était assise sur le canapé, la tête en arrière, la serviette imbibée de sang sur sa blessure.

— Salomé, où est Emma ?

La jeune femme voulut répondre, mais de gros sanglots l'empêchèrent de parler. Il la prit par les épaules et la serra doucement contre lui.

— Ce n'est pas le moment de pleurer, Salomé, on n'a pas le temps !

— Oh, Arnaud !

— Qu'est-ce qu'il s'est passé ?

Elle hoqueta, puis se ressaisit.

— On a frappé, j'ai ouvert, un grand type est entré, m'a pris par le cou en me demandant si Lilith était là.

— Il y a longtemps ?

— Une demi-heure à peu près, j'ai dit non et il m'a collé une gifle. Il est sorti, je l'ai entendu monter, Emma était chez elle. Ensuite, ils sont descendus tous les deux.

— Il l'a forcée à l'accompagner ?

— Pas eu besoin, il a dit qu'Abby était avec eux… Ce que je n'ai pas compris, parce qu'elle a envoyé sa fille au ski, à Saint-Lary-Soulan, pour les vacances de février.

— Les salauds ! Ils sont allés la récupérer à la montagne.

— Je sais pas…

— Ce n'est pas une gifle qui t'a explosé l'arcade comme ça !

— Quand ce type est sorti de chez Emma, j'ai voulu appeler la police. Il m'a vue, il est rentré comme un dingue et a sorti un poing américain de sa poche. Il l'a mis comme s'il enfilait un gant. Après, je sais plus…

— À quoi il ressemblait ?

Salomé avait du mal à ordonner ses mots, elle hésitait…

— C'était un métis…

— Fais un effort…

— Un type maigre à faire peur, grand, immense… chauve, le crâne tatoué et des yeux méchants… Oh, ses yeux !

— Quel genre les tatouages ?

— Un code-barres sur la nuque.

— Rien d'autre !

— Si, une grosse plaie sur la joue avec des fils, pas cicatrisée…

— Pas de nom, de prénom ?

— Non. Arnaud, qu'est-ce que tu vas faire ?

— Je ne sais pas, comment savoir où ils sont maintenant ?

— Si Farrell est derrière tout ça, ils sont en Andorre !

— Alors je monte en Andorre, on verra si je retrouve ton métis.

— Fais attention à toi !

— Tu connais quelqu'un qui pourrait m'aider ?

— Peut-être Luis, son taxi, elle m'en a souvent parlé, un type bien…

— Tu es sûre ? Que je ne tombe pas dans les pattes d'un indic !

— Je sais pas, méfie-toi quand même, je sais qu'elle le sonne à n'importe quelle heure !

— Bon, appelle un toubib, il faut te recoudre, moi, je fonce en Andorre. Si tu as d'autres infos… Je te laisse mon numéro.

Salomé essaya de se lever.

— Je viens avec toi !

Arnaud, déjà près de la porte, se retourna d'une pièce, il avait le visage fermé, les traits durcis par le souci.

— Non, tu te soignes et tu restes là !

Salomé, la serviette ensanglantée sur son front, se mit à pleurer, son rimmel à couler, ses mains à trembler, c'est à ce moment que Djuran arriva.

— Qu'est-ce qu'il se passe ici ?

Il se précipita vers sa femme, la prit dans ses bras.

— C'est toi qui lui as fait ça ?

Arnaud haussa les épaules.

— Elle te racontera, prends soin d'elle, il lui faut un toubib, je file…

Juste avant qu'il ne passe la porte, Salomé l'arrêta d'un geste.

— Ramène-les-nous !

10

Arrivé en milieu d'après-midi, Arnaud ne reconnut pas Andorre-la-Vieille, à part les abords de l'église Saint-Estève et la Cayenne de sa marraine où il logeait durant son chantier. Quand on a travaillé, sué, grimpé les échafaudages toute la journée, et qu'il ne reste que le soir pour étudier, on n'a pas le temps de visiter.

Ana Rita de Suzals, sa marraine de compagnonnage, tenait une grande bibliothèque où il passait ses temps de repos. À chaque chantier, comme tous les compagnons du Tour, il apprenait les techniques de ses prédécesseurs, l'histoire des monuments, du pays.

Les bouquins sur Andorre ne manquaient pas, d'autant qu'avant la dernière guerre, la principauté vit passer refuge à beaucoup de combattants républicains pourchassés par l'Espagne franquiste. Ensuite vint le tour des résistants français fuyant le nazisme et le régime de Vichy. À l'inverse, à la libération de la France, la principauté vit défiler des officiers et dignitaires nazis, des collabos français voulant rejoindre l'Espagne. Beaucoup d'argent circula et les opportunistes, les mafieux, l'industrie hôtelière en profitèrent largement. La *'Ndrangheta*, réputée comme la mafia la plus puissante du monde, en profita pour s'installer durablement. À son habitude, elle se fit discrète, car le coprince de la principauté, de surcroît évêque, n'entendait pas se laisser dicter sa conduite. Les années passèrent… mais sous des couvertures des plus honorables, l'hydre mafieuse gangrenait les secteurs clés de l'économie locale. Pour preuve, le récent scandale autour de la gestion de la Banca Privada Andorra, qui aurait servi à blanchir le pactole du grand banditisme sud-africain, avant de le réinvestir en toute légalité en Europe, en Afrique, aux États-Unis. La Financial Crimes Enforcement Network, du

Trésor américain, avait désigné la BPA comme une « *source majeure d'inquiétude liée au blanchiment d'argent* ». Résultat du scandale : les autorités d'Andorre, après avoir courageusement viré le conseil d'administration de la banque, chargèrent l'Institut national andorran des finances (INAF) d'en reprendre la direction.

Le tailleur de pierres n'était donc pas sans savoir qu'il existait une mafia, même s'il n'avait aucune idée de sa dangerosité. Que Farrell, le roi de la nuit andorrane, soit mêlé de près ou de loin à cette économie souterraine semblait évident.

Le Trinqueta n'ouvrait qu'à 23 heures. Arnaud décida de faire le tour de la ville. Les boutiques de tabac et d'alcool avaient envahi les rues. Il se souvint de ce qu'en disait Ana Rita.

— Vois-tu, mon filleul, une ville qui ne vit que par le profit et les travers de ses semblables n'est pas une bonne cité !

Arnaud sentit l'inutilité de ce qu'il avait appris en haut des clochers, la terre des hommes lui sembla bien basse et il eut un grand moment de découragement. Il repensa à Ana Rita, qui logeait les compagnons du Devoir dans sa maison, place de l'église. Il irait lui rendre visite, l'embrasser, s'asseoir à ses côtés, parler, prendre de ce bon sens qu'elle leur prodiguait à la veillée. À l'époque, elle logeait les compagnons du Devoir dans sa maison, sur la place de l'église.

Avec un pincement, il passa devant, rien n'avait changé, il reconnut le petit macaron sur la porte qu'il avait si souvent franchie durant les cinq mois à restaurer Saint-Estève, à tailler, remplacer les pierres en mauvais état. Cela lui fit chaud au cœur de sentir sous ses roues la rue mal pavée, comme ce temps était loin et pourtant si incrusté dans sa mémoire. Il soupira en se souvenant de l'insouciance de ses vingt ans, quand on a en soi une vitalité à déplacer les montagnes, toutes les réponses parce qu'on n'a pas encore les questions. Il s'arrêta au bout de la rue, descendit sa vitre pour prendre l'air glacé des montagnes, respira à fond. Et dans cette pureté, pour la première fois, il sentit de la haine surgir en lui. Il sillonna plusieurs fois la ville marchande avant d'en sortir et de monter prendre une chambre à l'Aurora Alice Springs, un des meilleurs hôtels du Pas-de-la-Case, au pied des pistes de ski.

Il gara le Dodge en sous-sol. La batterie ne supporterait pas le froid de la nuit.

À l'hôtel, peu de monde, la chambre au dernier étage était claire et la vue panoramique. Le téléphone à la main, il passa sur le balcon, respira l'air glacé qui fait du bien. Emma était sur répondeur, ça lui tordit le ventre d'entendre sa voix. Il ne laissa pas de message. Il valait mieux ne pas dévoiler sa présence en Andorre. Il regarda les montagnes et murmura :

— Où es-tu, amour… et toi, petite peste d'Abby ?

Il resta dans le froid, les doigts serrés sur son mobile, découragé, la rage au ventre. Il était temps d'appeler la cavalerie. Le sculpteur regarda sa montre, 17 heures, la nuit tombait.

— Allô, Lucian !

— Ah, Arnaud, tu en as mis du temps, où es-tu ?

— Au Pas-de-la-Case, à l'hôtel… Je suis dans une merde noire !

— Comment ça ?

— Farrell a enlevé Emma !

Il y eut un grand silence. Le militaire toussota.

— Tu peux me répéter ça ?

— Je suis passé chez elle, un homme de Farrell l'avait forcée à le suivre !

— Qu'est-ce que tu me dis là…

— Ils ont affirmé détenir sa fille…

— Tu m'avais pas dit qu'elle avait une fille…

— Abby, une gosse de onze ans…

— Tu es sûr de toi ?

— Mais oui, on a fêté son anniv le…

— Mais non, est-ce que tu es sûr qu'elles ont été enlevées ?
C'est grave…

— Comment tu appelles ça, un type qui oblige Emma à le
suivre en la menaçant…

— Effectivement.

— Tu comprends pourquoi je t'appelle…

— Pas tout, mais je commence à y voir plus clair

— Je vais t'expliquer…

Lucian le coupa.

— Tu m'expliqueras tout à l'heure et de visu, tu ne bouges
pas de ta chambre, je prends ce qu'il faut et je monte !

Et il raccrocha, il n'était pas question de laisser son ami se
dépatouiller tout seul.

La neige était tombée la veille, la nuit serait froide. Arnaud
se sentit mieux de savoir Lucian en route pour la Principauté.
Il n'était pas question de rester les bras croisés pour autant. Il
sortit de son sac un blouson, des chaussures montantes. Il valait mieux ne pas se distinguer de la masse des touristes.

Il descendit dans le hall et demanda au concierge de l'hôtel
s'il connaissait un certain Luis, un chauffeur de taxi. Le concierge hocha la tête avec un sourire, content de pouvoir rendre
service.

— Luis Magne ? Mais oui, Monsieur, c'est un de nos plus
anciens taxis sur la station !

Enfin, un début de piste, le premier fil de la bobine.

— Avez-vous son numéro ?

— Le sien, non, mais je peux appeler sa compagnie, si vous
le désirez !

— S'il vous plaît, et dites-lui de venir me prendre à l'hôtel !

— Maintenant, Monsieur ?

— Avant si c'est possible !

Le concierge afficha un sourire blasé.

— Je fais le nécessaire.

Arnaud hocha la tête et alla s'asseoir dans un des fauteuils club du bar pendant que le concierge téléphonait. Il voulait absolument interviewer ce chauffeur si disponible pour Emma.

Quelques minutes plus tard, le concierge revint.

— Monsieur Magne termine une course et sera disponible dans le quart d'heure.

— Parfait…

— Voulez-vous boire quelque chose ?

— Pas maintenant, merci.

Le sculpteur se leva, prit un plan de la ville dans un présentoir et attendit sur le perron. Le taxi arriva dix minutes après. Luis, un homme grisonnant, rond et court sur pattes, sortit d'un break noir et vint à sa rencontre, son bonnet de grosse laine à la main. En français, il demanda où Arnaud voulait aller. Ce dernier répondit en catalan.

Longtemps qu'il n'avait pas parlé catalan. Il en retrouvait les mots, leur saveur, et le souvenir de Caterina Márquez, sa grand-mère, originaire de Barcelone, qui lui avait appris pour qu'il se souvienne d'où il venait. Son mari tombé sur la barricade du village, le gendre emprisonné, garrotté par les franquistes. Elle avait quitté la Catalogne avec sa fille, la maman d'Arnaud, pour fuir le régime fasciste. À la maison, toute la famille parlait le catalan. Il eut un souvenir ému en pensant à celles qui l'avaient si souvent porté sur leurs genoux. Parler cette langue si douce lui faisait du bien, chaque mot lui rappelait le bonheur de son enfance. Être si proche de l'Espagne, de la terre de ses ancêtres où il n'avait jamais mis les pieds, le rassurait, il n'était pas tout à fait un étranger en Andorre.

Luis fut surpris, on lui avait demandé de prendre en charge un Français. Arnaud voulait visiter la ville, prendre des photos, il avait deux heures devant lui. Il monta à l'avant, le plan sur les genoux. La ville d'à peine vingt mille habitants était facile à mémoriser. Luis était content de faire une longue course, ça le changeait des sempiternels trajets gare, centre-ville, pied des pistes, et il engagea la discussion en catalan.

— Je m'appelle Luis, Andorran depuis sept générations et taxi depuis 30 ans. Je peux vous conduire dans cette principauté les yeux fermés !

Arnaud se mit à rire.

— Gardez-les ouverts !

Il lui serra la main, en se gardant de lui dire pourquoi il était en Andorre, et pourquoi il l'avait demandé, lui plutôt qu'un autre. Il devait se méfier même si Emma n'était pas le genre de fille à confier les mystères de sa vie privée à n'importe qui. Il n'oubliait pas que Farrell, hormis le fait d'être un notable, était aussi un voyou en col blanc. Il valait mieux avancer avec prudence.

— Moi, c'est Arnaud, vous devez en connaître du monde !

— Pour ça, oui ! En fait, à peu près tout le monde, je suis né dans la Grand-rue, marié avec une Andorrane dans notre belle église Saint-Estève, mes enfants ont vu le jour à la maternité de l'Hospitalet.

Arnaud eut un sourire quand Luis prononça Saint-Estève avec cette dévotion des croyants.

— Filles, garçons ?

— Une fille et deux garçons ! Le dernier vient de se marier.

— Avec une fille du pays ?

— Tout juste !

— Vos enfants travaillent en Andorre ?

Le visage de Luis se referma un court instant.

— Deux seulement, mon fils cadet et ma fille…

Il s'interrompit, mais Arnaud sentit qu'il n'avait pas tout dit. Luis se mordit les lèvres et lâcha d'un coup :

— Pour l'aîné, ça a mal tourné…

Sa voix était montée d'un ton, comme si les derniers mots lui avaient échappé. Il hésita et finalement changea de sujet. Arnaud n'insista pas. La course continua, Luis fit l'historique de quelques monuments que notre tailleur de pierre connaissait mieux que lui. Ils passèrent devant « Le Pub » de Zacharie Farrell. Arnaud lui demanda de s'arrêter et, prétextant une envie soudaine, lui proposa de boire un café. Le chauffeur refusa, il insista.

— Laissez tourner le compteur, on n'en a pas pour longtemps !

Luis hésita, puis accepta, la saison démarrait lentement, il avait du temps, besoin d'argent, et Arnaud, pressant, ne lui laissait pas le choix.

— Ok, mais cinq minutes !

Il se gara sur un emplacement taxi. Avant de descendre, il marmonna : « Puisque je suis là, je vais en profiter pour lui rendre sa saloperie de carton. » Il farfouilla dans la boîte à gants et en retira une enveloppe qu'il fourra dans la poche de son blouson.

Quelques minutes plus tard, les deux hommes se dirigeaient vers le cabaret.

Le Pub était connu pour recevoir des personnalités politiques, des vedettes du showbiz de passage. Les murs étaient couverts d'affiches et de photos dédicacées. Arnaud pointa au hasard son doigt sur l'une d'elles.

— Ce ne serait pas lui, le maître des lieux ?

Luis réagit avec vigueur.

— Ah non, vous vous trompez, le patron, c'est lui !

Un type élégant, de grande taille posait aux côtés d'une superbe brune, une comédienne ou un mannequin connu dont le nom lui échappait. La dédicace était illisible. Le chauffeur de taxi ajouta, la lèvre méprisante :

— Zacharie Farrell, le propriétaire de ce Pub et du Trinqueta, la boîte de nuit qui est plus haut dans la Grand-rue !

Arnaud fut surpris de l'animosité qui changea d'un coup le paisible visage de Luis.

— Vous n'avez pas l'air de le porter dans votre cœur, ce Zacharie !

— C'est le moins qu'on puisse dire, je ne suis pas le seul… c'est le genre de personnage qui a beaucoup d'amis, mais encore plus d'ennemis !

— Comme tous les patrons de boîte, non ?

— Celui-là bat tous les records, ça lui jouera un mauvais tour !

— Holà, vous ne l'aimez pas, qu'est-ce qu'il vous a donc fait ?

Arnaud sentit que le taximan se retenait de parler. Il insista sans en avoir l'air.

— Ces gens de la nuit ne sont pas très fiables, mieux vaut ne pas s'en approcher si on ne veut pas se brûler les ailes !

Luis hocha la tête plusieurs fois, prit une inspiration et se libéra d'un coup.

— Ce type est un gros salopard !

— Ah, au moins, c'est dit !

— Il m'a joué un sale tour, vraiment, à moi et à mon fils aîné, Miguel, et voyez-vous…

Il marqua une pause, son front se rida.

— Je ne suis pas près de le digérer.

Les deux hommes restèrent silencieux.

— Votre fils était en affaires avec lui ?

Luis mit du temps avant de répondre.

— Mon fils travaillait pour cette saloperie.

— Travaillait ?

— Oui, avant d'être viré comme un malpropre à la fin de sa période d'essai.

Le père de Miguel serra des poings. Arnaud sentit qu'il en avait lourd sur le cœur.

— Donc pas d'indemnités ?

— Pas un euro ! Pas de chômage non plus, ça n'existe pas ici, il est rentré à la maison, une main devant une main derrière !

Le ton de Luis était devenu dur et cassant, on le devinait profondément blessé.

— Désolé, voulez-vous qu'on parte ? Je ne savais pas…

— Non, non et puis…

Il tapa sur la poche de son blouson de cuir et déclara d'une traite, les yeux brillants :

— J'ai quelque chose à lui rendre, ou plutôt à lui balancer au travers de la figure s'il pointe son nez !

Luis avait élevé la voix, un vigile à costume sombre sortit de l'ombre d'un pilier et s'approcha de la table, un rictus faux-cul aux lèvres.

— Bonjour, Messieurs !

Luis le regarda, on sentait de la tension entre les deux hommes, ils se fixaient comme si chacun se préparait à sauter à la gorge de l'autre. Le chauffeur répondit d'une voix sourde, mais qui ne tremblait pas.

— Tiens, Emil l'Ukrainien qui s'inquiète…

— J'espère ne pas avoir à le faire, Monsieur Magne…

— Retourne d'où tu viens et appelle le serveur, mon client a soif !

Le factotum effaça son sourire et tourna les talons sans répondre. Luis expliqua :

— Je suis venu faire un gros scandale, il y a un mois, ils s'en souviennent, le métis a dû donner des ordres ; si j'avais été seul, ils m'auraient déjà viré.

Arnaud réagit aussitôt, Salomé avait parlé d'un métis.

— Le métis dont vous parlez, qui est-ce ?

— Un salopard de la bande à Farrell, son homme de main, Lipowski, Duss Lipowski, le chef de la sécurité… Un type pas recommandable.

— Il est comment physiquement ?

Luis, étonné, hésita, chassa son hésitation d'un revers de manche et éleva la voix en direction d'Emil qui traînait dans la salle.

— Ce métis-là, vous ne pouvez pas le louper, squelettique, le crâne rasé, un code-barres sur la nuque, une cicatrice sur le visage, bref, une gueule de tueur à gages…

Le videur s'arrêta, se tourna vers les deux hommes, pointa son doigt comme une arme sur le chauffeur avant de reprendre sa marche. Arnaud se dit que la prochaine fois, ils se feraient virer ; il attendit que Luis se calme…

— Boire un verre avec vous n'est pas sans surprise !

Il hésita, puis se décida à remuer le couteau dans la plaie.

— Pardonnez-moi, mais votre fils ne faisait peut-être pas l'affaire pour le poste, ça arrive tous les jours !

Luis réagit brutalement, il prit une grande inspiration, ses yeux se fermèrent et, malgré lui, sa voix monta d'un cran.

— Miguel est au top niveau ! Vous vous dites que je suis son père, j'exagère, mais non, croyez-moi, je le sais ; de plus, je ne suis pas le seul à le dire, il est reconnu dans son métier comme un bon, un excellent professionnel !

Et là, il baissa d'un ton.

— Sauf qu'il a eu le tort de ne pas entrer dans les sales combines de Farrell.

Arnaud faillit sourire ; on y était… Il répondit un peu vite à son goût.

— Comment ça, des combines ?

Un serveur arriva, un plateau vide à la main. Luis se garda de répondre, le sculpteur ragea intérieurement avant de commander une pression, le père de Miguel en fit autant. Ils restèrent silencieux jusqu'à ce que les bières soient servies.

— Ça vous intéresse, mon histoire ?

Arnaud hocha la tête sans répondre. Luis but une gorgée, l'air pensif. On sentait qu'il en avait gros sur le cœur, cette affaire lui pesait, empoisonnait sa vie tranquille de taximan sans histoires. Son client n'étant pas d'Andorre, il ne risquait rien à lui en dire plus. Il regarda à droite, à gauche, se rapprocha et parla à voix basse.

— Mon fils, Miguel, est croupier de casino depuis une quinzaine d'années, c'est un joueur invétéré. Tout gosse déjà, il passait des heures à jouer devant son premier PC, ensuite avec sa PlayStation.

Luis eut un sourire et, toujours sur le ton de la confidence, il se livra un peu plus.

— Aussi loin que je me souvienne, Miguel a toujours aimé tout ce qui touche au jeu. Après son bac, il est parti se former à l'Academy Cerus Casino, la célèbre école de Lyon. À sa sortie, diplômé et major de sa promotion, il a décidé de vivre son rêve et s'est envolé aux États-Unis. Et là-bas, c'est vite devenu un excellent professionnel.

— Las Vegas ?

— San Francisco d'abord, ensuite Las Vegas, La Mecque des joueurs. Tout allait bien, il avait une belle carrière devant lui, mais voilà, les montagnes ont commencé à lui manquer.

Arnaud eut un sourire, il se souvint des soirées solitaires, loin de sa famille, qu'il avait vécues durant son apprentissage.

— Je connais ça, le mal du pays, on n'est pas tous de joyeux nomades. Les jours passent et vous vous sentez du vague à l'âme sans savoir pourquoi, jusqu'au jour où vous prenez conscience que la ville de votre enfance vous manque, que vos parents ne sont pas éternels et que vous avancez dans la vie loin de vos vraies attaches...

Luis hocha la tête.

— On essayait de le raisonner. Bien sûr qu'il nous manquait, surtout à sa mère, on le sentait mal dans sa peau, ajoutez à ça une rupture amoureuse... Sa vie est devenue difficile, c'est très artificiel là-bas, tout tourne autour de l'argent !

Arnaud attendit un moment avant de répondre.

— L'argent n'a pas d'âme !

Luis le regarda, marmonna à voix basse comme pour lui :

— C'est vrai, l'argent n'a pas d'âme, mais je connais des gens qui n'en ont pas non plus !

— L'important, c'est de s'en apercevoir assez tôt...

— Farrell n'a pas d'âme, ce type est plein aux as et il en veut toujours plus...

— C'est à ça qu'on les reconnaît.

— Et par n'importe quels moyens pourvu que ça rapporte !

— L'argent en trop est inutile, il ne sert qu'à se sentir plus important qu'on est…

Luis se mit à rire.

— Ça ne risque pas de m'arriver. Toujours est-il que quand Miguel a voulu revenir au pays, Zacharie l'a su, tout se sait très vite ici, et il m'a demandé de jouer l'intermédiaire pour lui proposer un poste de confiance dans sa partie.

— Je croyais que les jeux d'argent étaient interdits en Andorre ?

— Pas depuis cette année, on a un casino tout neuf depuis février. Mais Farrell a été évincé du projet dès le départ et ça ne lui a pas plu, d'autant que c'est Danny Petri, un Corse, son concurrent direct, le boss du Grand Café, qui a remporté la mise.

— Ah, il n'a pas dû être content, votre Zacharie !

— Pas content du tout ; pour se venger de Petri, il a voulu créer un poker en ligne, ce qui est interdit en Andorre, mais permis en Espagne qui distribue encore quelques licences. Il lui fallait donc des spécialistes des jeux d'argent pour monter cette entreprise. Il a pensé à mon fils, je ne me suis pas méfié ; pourtant, je connaissais l'oiseau.

— Vous avez cru bien faire !

— Pour ça, oui ! J'ai fait revenir Miguel des États-Unis pour un entretien, Zach en a profité pour lui proposer un contrat de consultant. Les conditions financières étaient au-delà des espérances de mon garçon et, il a sauté sur l'occasion pour rentrer au pays.

— Jusque-là, tout semble parfait !

— Sauf qu'au bout de deux mois d'activité, Miguel est revenu à la maison un midi en me disant, entre poire et fromage, qu'il avait été viré.

Luis fit la grimace et afficha un mauvais sourire. Arnaud, le nez dans son verre, attendit un moment avant de relever la tête.

— Et pourquoi viré ?

— Parce que cette engeance de Farrell avait omis de lui préciser qu'il comptait exploiter sa licence espagnole à partir du territoire d'Andorre, ce qui est totalement illégal, et Miguel, malgré le pont d'or qu'on lui offrait, a refusé.

— Eh bien, vous direz à votre fils qu'il a eu raison !

— Oui, sauf que cette ordure a le bras très long et l'a grillé sur tous les casinos de l'Hexagone.

Arnaud émit un long sifflement.

— Mais dites-moi, Luis, ce type est un vrai salopard !

— Oh, il est capable de bien pire, le problème avec cette histoire, c'est que j'ai à la maison un fils de 34 ans sans revenus et qui ne rêve que de se venger !

— Il est jeune, il retrouvera du travail, Farrell n'est pas éternel.

— Il va repartir aux States, sa mère en pleure tous les jours, mais je ne vois pas comment il pourrait s'en sortir autrement.

— Il est là en ce moment, ce Zacharie ?

— Eh bien, il y a des chances pour qu'il soit là, ce soir. Il doit fêter l'élection aux Européennes d'un notable de Pau, la réception se tient dans sa boîte, au Trinqueta. Faudra bien qu'il vienne serrer quelques mains.

— La soirée est ouverte au public ?

— Non…

Luis regarda attentivement son client avant de poursuivre :

— Un carton d'invitation, ça vous intéresse ?

— Ah oui, je vous l'achète, mais comment se fait-il que vous ayez un carton ?

— Me l'acheter, non, je vous le donnerai, mais en échange, vous me direz pourquoi cette soirée vous intéresse tant.

— Marché conclu !

— Le carton a été envoyé à mon fils, il n'est pas nominatif, ils ont dû oublier de le rayer des listings. C'est la deuxième fois que ça arrive depuis qu'il a été viré.

— J'ai toujours été curieux de participer à une soirée VIP.

— Si on vous demande où vous avez eu l'invitation, vous direz que vous l'avez reçue d'un client de l'hôtel, que je n'aie pas d'ennuis.

— D'accord, mais si vous le voulez bien, ramenez-moi, j'en ai assez vu !

Luis se leva aussitôt pour appeler le serveur. Debout, il regarda son client et, le fixant intensément, il lui demanda :

— La soirée VIP, c'est votre seule motivation ?

Arnaud, pris de court, marqua un silence avant de répondre.

— Qu'est-ce qui vous fait dire ça ?

— Que vous m'invitiez à boire un verre au Pub, en prétextant une envie soudaine, soit… mais que vous commandiez une pression sans même penser à aller vous soulager…

— Je dois avoir un bon périnée !

— Ou une bonne raison ! Depuis une bonne demi-heure, vous me bombardez de questions… Je ne suis pas très malin, mais quand même !

— Vous n'êtes pas loin de la vérité, Luis…

— Alors, je vous repose la question, c'est votre seule motivation ?

— Pas vraiment, c'est un problème ?

— Je ne sais pas ce que vous lui voulez, à Zacharie, mais j'ai comme l'impression que ça ne me déplairait pas de le savoir…

Le sculpteur réfléchit rapidement, le chauffeur pouvait être un allié, sa connaissance de la ville, de ses habitants et surtout sa vindicte contre le patron du Trinqueta seraient précieuses. De plus, il était sûr de sa discrétion.

— En fait, je viens chercher une amie avocate, qui fait partie de son service juridique et qu'il retient pour de mauvaises raisons.

— Expliquez-moi ça…

— Retient contre son gré, si vous préférez !

— Ah, mais c'est très grave ! Une avocate, comment s'appelle-t-elle ?

— Emma !

Luis eut un moment de flottement. Arnaud sentit qu'il se passait quelque chose.

— Emma, euh non, ça ne me dit rien…

— Et Lilith, vous connaissez ?

Le sculpteur n'avait pu s'en empêcher ; après tout, ce n'était pas le moment de faiblir. Le chauffeur ne sut quoi répondre, Lilith lui avait fait jurer de ne jamais dévoiler son vrai prénom et Luis se demandait ce que son client savait réellement.

— Non, je dois me tromper, celle que je connais est…

Il ne finit pas sa phrase. Arnaud la finit pour lui.

— Une avocate très spéciale !

— Oui, enfin, je ne sais pas trop, en fait…

— Elle a été ma compagne, sa fille s'appelle Abby.

Luis ouvrit de grands yeux ronds.

— Ah oui, ça crée des liens !

— Vous la connaissez ou pas ?

— Lilith, oui, c'est une de mes clientes !

— Comment se fait-il que vous connaissiez son vrai prénom ?

Le taximan se renfrogna.

— Je ne vous ai pas dit que je le connaissais…

— Non, mais maintenant, j'en suis sûr !

— Ne seriez-vous pas un peu retors, vous ?

— Non, non, mais je suis terriblement inquiet, je n'arrive pas à la joindre depuis que ce métis l'a kidnappée à Pau !

— Vous êtes sûr ? Duss complice d'un enlèvement, je savais que c'était un gros tordu, mais de là à… enfin, ça m'étonne !

— Il n'y a pas cinquante métis en Andorre avec une coupure récente au visage et un code-barres sur la nuque !

— Bon, Monsieur Arnaud, je vais arrêter de jouer avec vous. Lilith, enfin, Emma, je la connais depuis son arrivée.

Luis tendit la main au sculpteur qui la serra avec reconnaissance.

— Racontez-moi comment vous l'avez connue, je trouverai peut-être quelque chose d'intéressant.

— Ces derniers mois, je la chargeais deux ou trois fois par semaine, pour l'emmener à l'aéroport de Pau-Pyrénées, prendre un hélico.

— Un hélicoptère ?

— Farrell en possède quatre !

Arnaud émit un sifflement.

— Décidément, ce type a du répondant.

— Et un jet via sa société de location…

— Pourquoi Emma vous demandait vous plutôt qu'un autre ?

— La confiance, je pense…

— C'est pas son genre de se confier…

— À chaque fois, on parlait, elle me racontait ses soucis, son job, des bouts de sa vie, et un soir, elle m'a confié son vrai prénom.

— Vous saviez qu'elle avait une fille ?

— Non, pour moi, comme pour la plupart des gens d'ici, à part son job d'avocate et quelques confidences, cette femme est un mystère, personne ne sait qui elle est vraiment. Elle ne travaille que sur rendez-vous à l'extérieur, et pas avec n'importe qui. J'étais dispo pour elle jour et nuit. !

— Ça ne m'avance pas vraiment !

— Mon fils Miguel l'a croisée quand il bossait chez Farrell. Paraît qu'il la chouchoute, la bichonne comme un trésor de grande valeur.

— Elle doit effectivement avoir une grande valeur et c'est ce qui m'inquiète le plus !

Arnaud avait l'impression qu'on parlait d'une autre que de son Emma. Luis sortit discrètement le carton d'invitation de sa poche et le lui tendit.

— Voilà, faites-en bon usage !

— Merci, mon vieux, je vous revaudrai ça !

— Faites lui bouffer sa morve et ça me suffira.

Le chauffeur prit un stylo et nota son numéro de portable sur le ticket des consommations.

— Surtout, n'hésitez pas, je passerai ce soir au Pas-de-la-Case avec Miguel, je vais tâcher de me renseigner, pour savoir si Lilith est chez Farrell. Mon fils a encore pas mal de connaissances sur place.

— Ok, parce que là, on ne va pas se mentir, je suis dans un sacré brouillard.

— Peut-être que vous en apprendrez plus à la soirée…

— Je n'aime pas ça.

— Pensez à passer chez Locadiff, la boutique en bas de votre hôtel, pour louer une tenue de soirée. La soirée est vraiment VIP.

Le serveur arriva, Arnaud sortit un billet de sa poche, Luis protesta pour la forme et, dix minutes plus tard, il déposait son client devant l'Aurora Alice Springs.

Locadiff louait tout ce qu'on voulait en habillement. Arnaud choisit chemise, bretelles, nœud pap, chaussures et smoking et monta se préparer.

La douche lui fit un bien fou, il y resta un bon quart d'heure. Il avait du mal à construire un plan. Il ne savait rien de précis ou d'exploitable. Il bouillait d'impatience, il lui fallait tenir jusqu'à la soirée, le carton précisait « à partir de 22 heures ». Il avait tenté plusieurs fois d'appeler Emma, mais le portable était sur répondeur. Son inquiétude grandissait, la brutalité de Duss chez Salomé n'augurait rien de bon. Du coup, cela lui enlevait tout scrupule, s'il fallait faire le coup de poing, il n'était pas man-chot. Il appela Salomé, elle répondit aussitôt.

— Ah, j'allais t'appeler, Djuran est parti cet après-midi par le train te rejoindre, tu es où ?

— Au Pas-de-la-Case, à l'Aurora Alice Springs hôtel, donne-lui mon numéro et dis à ton mari qu'il m'appelle en arrivant !

— D'accord, as-tu des nouvelles d'Emma et d'Abby ?

— Non, peut-être que je saurai ce soir… J'ai rencontré Luis !

— Ah, il est de notre côté ?

— Je crois !

— Sois prudent… Tu me diras ?

— Bien sûr, je te dirai… Et toi, comment vas-tu, ta plaie sur la tempe ?

— Trois points de suture, un bon mal de tête, mais ça va…

— Je t'assure que si je le trouve celui-là, il va se souvenir de moi.

— Fais attention à toi, et essaye de calmer Djuran, il est très remonté.

— On le serait à moins.

— Je sais, mais empêche-le de faire des bêtises…

— Il est grand, il sait ce qu'il peut faire ou pas, j'imagine.

— Djuran est un sanguin, s'il s'énerve, il est capable de tout…

— Bon, d'accord, je vais le surveiller de près.

— Merci, Arnaud, on se connaît guère, mais je sais que tu es un type bien…

— En tout cas, j'essaye…

— J'ai peur pour les filles…

— Moi aussi, il est temps d'y voir plus clair…

— Mais qu'est-ce qui a bien pu se passer ?

— Je ne sais pas trop, un gros différend professionnel, enfin, quelque chose dans le genre !

— Tu sais qui m'a agressée ?

— Je connais son nom…

— Oh, c'est bien !

— Oui, il s'appelle Duss Lipowski, un Polonais ou un Bulgare, c'est le chef de la sécurité, l'homme de main du patron d'Emma.

— Ah oui, ce n'est pas n'importe qui !

— Il agissait sur ordre, c'est pas possible autrement !

— Et Abby, Emma ?

— Logiquement, elles devraient être en Andorre…

— Je les ai appelés avant de t'appeler… Répondeur !

— Idem, elle ne me répond pas… C'est fou ce silence, je vais devenir dingue !

— Arnaud, retrouve-les !

— Je vais descendre chez Farrell ce soir et crois-moi, va falloir que ça parle !

— Attends Djuran, c'est plus prudent ; je vais aller porter plainte contre ce Duss Lipowski, maintenant que j'ai son nom.

Le gitan arriva sur le soir, Arnaud alla le chercher à la gare. Le Serbe d'habitude si décontracté avait la mine sombre et les traits tendus. Ce n'était pas le genre d'homme à négocier, il avait envie d'en découdre, de rendre le coup qu'avait reçu sa femme. Il valait mieux qu'il ne trouve pas le métis sur sa route et le sculpteur eut du mal à l'empêcher de débarquer chez Farrell. Il l'emmena au restaurant de l'hôtel, ils s'installèrent à une table en retrait, au fond de la salle, et il tenta de le raisonner.

— Tant qu'on ne sait pas si Emma et Abby sont là, il ne sert à rien de nous montrer et encore moins de faire du pétard !

— Je te jure que si j'en tiens un…

— Ça viendra, on ne laissera pas passer !

— Elles ont été kidnappées… Il n'y a pas d'autre mot !

— Exact !

— De ma vie, je n'ai jamais été aux flics, mais là, ça me démange !

Très énervé, il se leva, se mit à marcher comme un dément dans le restaurant.

— Oh, Djuran ! Calme-toi, assieds-toi, je te répète qu'on ne sait pas si elles sont là, et si les flics débarquent, Emma dira qu'elle est venue de sa propre volonté…

Le gitan leva les sourcils.

— Arnaud, tu m'expliques ? Parce que là, je te suis plus !

— Si Farrell détient Abby, sa mère n'osera rien dire, rien faire, pas plus qu'à Pau quand le métis est venu la chercher.

— Mais dans quelle merde s'est-elle fourrée ?

— Première hypothèse : elle a cru pouvoir rompre le contrat qui la liait à son patron... et ça n'a pas plu du tout...

— Depuis quand on ne peut plus démissionner ?

— Quand on signe un contrat avec un mafieux !

— N'exagère pas !

— J'aimerais bien...

— Bon, on va quand même lui expliquer la vie à Farrell.

Arnaud hésita.

— Il y en a une seconde d'hypothèse et qui m'inquiète plus.

— Ah bon, laquelle ?

— La piste Afrique du Sud.

— Oh, bon Dieu !

— Je vois que tu es au courant, Emma t'a raconté...

— Je sais ce qu'elle a enduré là-bas...

— Tu te souviens que son mari a tué l'aîné des Boroug, et qu'elle a propulsé le cadet ad vitam sur une chaise roulante ?

Djuran ouvrit grand les yeux.

— Et tu crois que...

— Ben, il reste deux frères, et pas des moindres...

— Allan et l'autre, je sais plus son nom...

— Non plus, mais ils ont de bonnes raisons pour ne pas lâcher l'affaire.

— De là à venir du bush en Andorre, je n'y crois pas !

— Ils l'ont bien retrouvée à Paris, ces salopards.

— Comment tu l'as su ?

— J'ai passé une dizaine de jours avec Emma, elle m'en a parlé...

— C'est vrai, nous, on accrochait à la galerie pour l'expo !

— Ça a marché ton expo, tu as vendu des toiles ?

— Oui, mais ce n'est pas le sujet !

— Tu as raison !

Arnaud passa plusieurs fois la main dans ses cheveux, hocha la tête et reprit :

— Sauf qu'on sait sans savoir que c'était les Boroug, la lettre de Paris…

— Elle n'était pas signée.

— Pas signée, mais en langue zouloue.

— Elle a eu raison de partir de Paris, de disparaître sans laisser d'adresse.

— Ça ne suffira peut-être pas ; aujourd'hui, avec Internet, tu retrouves les gens au bout du monde, la distance n'est plus un obstacle.

— Quand même… l'Afrique du Sud, c'est très au sud…

— Les truands ont des ramifications internationales.

— D'accord, mais les Boroug sont du menu fretin, on n'est pas dans le grand banditisme !

— Détrompe-toi, Djuran, l'enquête sur l'assassinat du mari d'Emma a montré qu'Allan et ses frères fricotaient avec une famille calabraise.

— La mafia ?

— Eh oui, le coup venait du haut du panier de crabes !

Djuran secoua la tête, alluma un cigarillo et lança tout en soufflant la fumée :

— C'est quand même un peu beaucoup tiré par les cheveux, ton histoire…

— Pas tant que ça !

— T'es sûr ?

— Dans l'enquête, les policiers parlent clairement de la « 'Ndrangheta » la mafia calabraise qui a profité de la transition démocratique du pays pour investir en masse dans les mines de diamants.

— Ils profitent de tout, ces enfoirés…

— Pas faux, avant la Calabre, c'est Cosa Nostra, la pègre sicilienne, qui a profité du régime de l'apartheid pour s'implanter. Drogue et diamants…

— Le placement idéal pour recycler l'argent sale.

— Effectivement, c'est petit une pierre, et ça vaut cher !

— Allan, le deuxième frère Boroug, travaillait à celle de Finsch, à 170 km à l'ouest de Kimberley.

Le Serbe fronça les sourcils.

— Les diamants de la honte ?

— Tu vois, tu connais…

— À l'époque, l'info a fait la une des tous les journaux.

— La mafia n'a pas de frontières, elle s'implante là où elle s'enrichit.

— J'ai lu, comme tout le monde, le scandale des concessions diamantifères sud-africaines et surtout de celles du Zimbabwe… Mais de là à imaginer que la pieuvre calabraise…

— Renseigne-toi, Djuran, tu verras qu'aujourd'hui encore, c'est un trafic juteux et qui alimente une flopée de comptes bancaires off-shore, luxembourgeois, andorran, genevois, etc. Tu vois, on se rapproche de l'Europe et de Paris.

Le gitan sembla soudain très inquiet.

— Si c'est comme tu dis, il ne leur faudra pas longtemps pour la retrouver.

— Il faut déjà qu'il la cherche ; pour l'instant, on n'en sait rien…

— Faut l'espérer…

— Elle a coupé tous les ponts avec l'Afrique du Sud… il n'y a pas un autochtone qui peut savoir où elles sont !

— Possible, mais ce n'est pas rassurant !

— Je sais…

— Mais tu l'as dit, les recherches sont cent fois plus faciles qu'avant et le job d'Emma, enfin, de Lilith, n'incite pas à la discrétion !

La mine sombre, Arnaud croisa les bras et marmonna :

— Elle n'utilise pas un pseudo pour faire joli, mais si par malheur, ils sont arrivés à le percer, on n'est pas sortis, ce sont des fauves, les frangins Boroug…

Djuran réagit avec la violence qui lui était habituelle quand il se sentait agressé. Chez lui, on réglait les problèmes et on discutait après.

— Ne t'en fais pas, l'ami, moi aussi j'ai des frères, et je vais te dire, on en a autant entre les jambes que ces putains de Zoulous, qu'ils viennent s'y frotter, ils vont vite comprendre !

Un serveur s'approcha, les menus à la main. Arnaud, pour se débarrasser du gêneur, commanda une assiette de charcuterie de montagne. Djuran prit son temps et demanda une *Botifarra negra*, une saucisse locale au foie de porc, le tout arrosé d'une bouteille de Gaillac. Arnaud n'avait pas faim, contrairement au Serbe qui avait la fringale. La pensée de venger sa femme, de retrouver Emma et sa fille le dynamisait. La nuit risquant d'être longue, il valait mieux prendre des forces. Entre deux bouchées, le Serbe marmonna :

— En clair, on n'est sûrs de rien, même pas sûrs que ce soit Farrell qui ait enlevé Abby...

— Pourquoi tu dis ça ?

— Parce qu'Abby était en classe de neige à l'UCPA de Saint-Lary-Soulan, personne n'était au courant. Sa mère nous l'a appris en arrivant le soir, la veille de son enlèvement.

Arnaud grogna un coup.

— Donc le métis et Farrell ne savaient pas où était la petite... C'était du bluff...

— Peut-être que oui... ou peut-être que non !

Les deux amis se turent. Luis arriva et, après une hésitation à la vue du Serbe, prit une chaise. Arnaud fit les présentations et demanda à Luis s'il avait appris quelque chose. Celui-ci hocha la tête et, avec une mine grave, il lança à voix basse :

— Elle est dans le bureau de Zacharie, au premier étage du Trinketa !

— Et Abby ?

Arnaud et Djuran avaient posé la question en même temps. Luis, gêné, attendit avant de répondre.

— On ne sait pas, personne ne sait !

Il y eut un grand silence, Arnaud se sentit soulagé pour Emma, mais très inquiet du sort d'Abby.

— Luis, tu es sûr de tes infos ?

— Certain, une serveuse du Trinqueta lui apporte ses repas dans le bureau. C'est Duss qui assure la garde. Le gitan bondit de sa chaise.

— Qu'est-ce qu'on attend ? On y va…

Arnaud leva la main pour le calmer, se prit la tête dans les mains un court instant ; quand il se redressa, sa décision tomba dans un silence de mort.

— On ne reste pas les bras croisés… Tu as raison, on fonce, c'est ce soir ou jamais !

Le Serbe ne cacha pas son enthousiasme.

— Voilà qui est parlé, on s'y prend comment ?

Luis, le front plissé, la main levée, le modéra.

— Pas facile… Il y a bien une entrée dans la cour de derrière, mais elle est gardée par d'anciens combattants basques recyclés en gardes du corps.

— On va te les hacher menu ces enfoirés !

Luis repoussa sa chaise et calma ses ardeurs.

— Tu feras comment, Djuran ? Ils sont armés ces gars-là et ce sont des pros, pas des amateurs. Farrell sait s'entourer.

— Armés, tu es sûr ?

— C'est interdit, mais tout le monde le sait et personne ne dit rien.

Luis avait parlé fort et le serveur derrière son chariot de dessert sembla s'intéresser à la conversation. Arnaud se leva pour ramener le silence et, à voix basse, il dévoila le plan d'attaque qu'il avait en tête. Luis fut d'accord pour assurer discrètement la logistique. Sa situation en Andorre ne lui permettait pas d'affronter le notable de face. Le trio attendit 22 heures pour se lever de table. Le taxi était stationné devant l'hôtel, Arnaud s'installa à l'arrière. Luis le débarquerait devant l'entrée de la boîte comme il le ferait pour un client VIP. Djuran rejoignit le

Dodge du tailleur de pierres qui attendait sagement au sous-sol. Avant de démarrer, le Serbe s'assura que le fusil était sous le siège conducteur, et il retira le chiffon qui l'entourait.

Les abords de la ville étaient animés, la circulation dense, Luis se gara sur une place réservée aux taxis à une centaine de mètres de l'entrée du Trinqueta. Le Dodge le dépassa et alla se garer sur le parking de la boîte de nuit. Le taxi appela Miguel pour qu'il les rejoigne.

— Tu peux venir, fils, sois discret…

Et il lui expliqua en quelques mots ce qu'on attendait de lui.

Dix minutes plus tard, Miguel, la capuche enfoncée sur le crâne, alla s'installer au bar-tabac presse qui faisait face à la boîte. Beaucoup de gens le connaissaient, la prudence voulait qu'on ne le mette pas en première ligne, il serait le guetteur. Son rôle se limiterait à filmer avec son téléphone l'entrée d'Arnaud au Trinqueta afin d'avoir une preuve au cas où les choses tourneraient mal. Dès qu'il fut assis à une table, il prit discrètement son pouls, trente pulsations pour quinze secondes, son pouls battait vite dans sa poitrine, cela le gênait, il pêcha une tablette de comprimés dans sa poche, éjecta du pouce une gélule et commanda une bière, le remède ralentirait son rythme cardiaque. Tous les croupiers connaissent les vertus des bêtabloquants qui aident à gérer le stress, et ce soir, Miguel en avait particulièrement besoin. Il était excité d'avoir l'occasion de rendre à Farrell la monnaie de sa pièce et en même temps inquiet des suites possibles. Il avait eu le temps, durant les deux mois passés dans ses bureaux, de prendre le personnage au sérieux. L'homme d'affaires était extrêmement intelligent, et le rouler dans la farine ne serait pas chose facile. Miguel vida sa bière et en commanda une autre. Il ne put s'empêcher d'appeler le Serbe alors que le téléphone n'était à utiliser qu'en cas d'urgence. Djuran, surpris de l'appel, eut une montée d'adrénaline.

— Mais oui, ça va, pourquoi, tu as un souci ?

— Non, mais c'était juste pour savoir si tout allait bien de ton côté !

— Bon Dieu, on t'a dit de n'appeler qu'en cas d'urgence, tu en as une ?

— Non !

— Alors, assieds-toi sur tes couilles, garçon, et ouvre tes yeux, notre ami sera bientôt dans la place, faudra pas t'endormir si ça se gâte.

Le Serbe raccrocha en marmonnant une injure, il se baissa et ramena le fusil à canons sciés entre ses jambes, il verrouilla les portes du Dodge et resta posté sur son siège. Il devait attendre qu'on l'appelle avant d'entrer en action.

Luis et Arnaud patientaient dans le taxi.

— Au fait, Luis, le videur du Pub, le type qui est venu à notre table cet après-midi pendant qu'on buvait, il bosse aussi au Trinqueta ? Parce que si c'est lui, il ne me laissera pas passer.

— Emil l'Ukrainien ? Je crois pas, Farrell cloisonne ses affaires, mais il y a de fortes chances qu'en cas de Trafalgar, il rapplique !

— Je suis prévenu !

Luis redémarra en douceur. Une noria de voitures déposait les invités devant le Trinqueta, il prit la file et s'avança jusqu'à l'entrée. Arnaud descendit du taxi, remit d'un geste de l'ordre dans sa tenue de soirée et, le carton d'invitation à la main, il monta les escaliers du perron. Les portes automatiques s'ouvrirent, il présenta l'invitation aux quatre portiers qui filtraient les entrées. Leurs costumes sombres et leurs cravates noires ne faisaient pas oublier leurs mines de mauvais garçons et leurs carrures de lutteur.

Arnaud passa discrètement un SMS à Djuran…

« À l'entrée, 4 videurs non armés ».

11

« Quatre videurs à l'entrée du Trinqueta », la sécurité avait mis le paquet. Un serveur discret en chemise blanche, gilet et cravate rouge lui ouvrit les portes de la grande salle de réception. Les femmes en robe de soirée, décolletées, bijoutées, les yeux accrocheurs, discutaient avec des hommes vêtus plus discrètement, smoking sombre, nœud papillon et pour quelques-uns rosette à la boutonnière.

Tout ce beau monde dans une immense salle circulaire avait des allures de réception d'exception et c'est sans doute ce que Farrell voulait à deux ans de la présidentielle française. Arnaud mit quelques minutes à s'habituer, il était loin de ses burins, de ses marteaux. Les soirées mondaines n'avaient jamais été son fort, d'autant qu'il bouillait intérieurement, en imaginant Emma retenue à quelques mètres de lui, dans le même immeuble. Il hésita avant d'aller vers le monumental buffet ouvert au fond de la salle, un verre serait le bienvenu. Un sommelier à petite moustache et grande tenue, un demi-sourire aux lèvres, lui proposa une coupe de champagne rosé.

— Le Clos d'Ambonnay, Monsieur !

— Merci… Je crois n'en avoir jamais vu d'aussi coloré…

— Champagne élaboré avec une base de raisins rouges… Monsieur !

Arnaud vida sa coupe d'un trait.

— Fameux…

Le sommelier s'inclina en plissant des yeux, on aurait dit qu'il rendait grâce à Bacchus.

— Ça ne m'étonne guère, Monsieur…

— Ah, je confirme, excellent choix…

— Merci, ce champagne millésimé est l'un des plus chers de la maison Krug !

Zacharie Farrell savait recevoir et voulait qu'on le sache, on était dans le grand monde.

Arnaud avala deux coupes, coup sur coup, en reprit une troisième et s'éloigna sous le regard médusé du sommelier habitué à plus de retenue. Il n'était ni peureux ni poltron, mais l'éventualité de rentrer dans l'illégalité en forçant le patron des lieux à rendre gorge, voire de faire le coup de poing l'inquiétait. Il s'adossa à une colonne pour siroter son champagne jusqu'à ce qu'il repère la double porte menant aux escaliers privés. Luis avait dit juste. Restait à l'emprunter sans alerter la sécurité. À leur fil d'oreillette, il compta sept vigiles. Arnaud voulait s'éclipser sans attirer l'attention, mais s'il restait seul, il serait vite repéré. La plupart des gens étaient en couple ou en groupe. Il se rapprocha d'une femme qui s'éternisait au buffet, un téléphone à la main. Elle semblait perdue dans cet univers bruyant et cosmopolite. Il s'approcha.

— Bonsoir, voulez-vous que je remplace votre mobile par une coupe de champagne ?

Elle le regarda, étonnée, abandonna son téléphone.

— Vous êtes magicien ?

Arnaud se fendit d'un sourire.

— Pas vraiment !

Elle acquiesça.

— Pourquoi pas, j'ai soif…

— C'est une bonne raison…

Il la laissa le temps de revenir avec deux coupes de champagne.

— Champagne Krug, le clos d'Ambonnay…

La jeune femme haussa les sourcils.

— Et ?

— Et… rien, champagne rosé haut de gamme pour réception d'exception…

— Vous faites le service à vos heures perdues ?

— Exclusivement pour les jolies femmes seules !

Elle se savait jeune et pas mal de sa personne, alors les compliments des hommes, elle ne savait plus qu'en faire… Elle répliqua plus par politesse que pour relancer la conversation.

— Et galant avec ça !

— Je vous l'accorde ; Arnaud, pour vous servir…

— Et il en rajoute… Cécilia…

— Enchanté, vous êtes dans le showbiz, dans les affaires ?

Elle trempa ses lèvres dans les bulles, avala une grande gorgée et le regarda comme si elle hésitait à répondre. Elle se décida.

— Indiscret de surcroît ! Pour l'instant, ni dans l'un ni dans l'autre…

Il hésita.

— Ah, excusez-moi, j'ai cru que vous travailliez ici !

Elle éclata d'un joli rire, le détailla de la tête aux pieds.

— Ce n'est pas très loin de la vérité, mais non, et vous, dans ce smoking trop large et d'un autre âge, que faites-vous, à part offrir du champagne aux femmes seules ?

Arnaud se raidit, c'est vrai que son costume n'était pas aussi cintré que la mode le voulait, il l'avait choisi un peu ample, contre l'avis du vendeur de la boutique, mais il tenait à être à l'aise, libre de ses mouvements au cas où la situation l'exigerait. Il ne releva pas.

— Je suis dans l'art…

— Ah, vous achetez, vous vendez ?

— Je… En quelque sorte, oui…

— Marchand d'art, j'imagine qu'il en faut.

— Vous n'aimez pas les marchands ?

— Pourquoi voulez-vous que je les aime ?

— Pourquoi pas ?

— Ceci dit, on a tous quelque chose à vendre !

Arnaud n'était pas particulièrement d'accord, mais ça l'arrangeait de discuter, il pouvait surveiller ce qu'il se passait alentour. Il la relança.

— C'est pas faux…

— Je n'ai rien contre les marchands, mais avouez qu'ils ne jouent pas dans la même cour que les artistes…

— Exact…

— C'est fou comme ce que je dis vous intéresse !

— Je réfléchissais dans quelle cour je me plaçais…

— Prenez-moi pour une gourde !

Elle le regarda plus attentivement.

— On ne vous a jamais dit que vous aviez des mains de maçon ?

— Non, enfin, pas exprimé de la même façon…

— Et que le smoking que vous portez est une location de dernière minute…

Arnaud se mordit les lèvres, il devrait faire attention, cette fille l'avait démasqué en quelques minutes. Il tenta une diversion.

— Vous êtes sortie major à l'école de Madame Irma ?

— Pas vraiment… mais si ça peut vous rassurer, j'ai un DU en psychologie, spécialité victimologie…

— Psychologue, voilà un beau métier !

— Surtout un beau diplôme universitaire qui ne sert plus à grand-chose par manque de postes !

— À ce point ?

La jeune femme eut un sourire désabusé.

— Deux ans que je suis sans travail… La fin est proche…

— La fin ?

— De mes droits au chômage…

— Faites cartomancienne, les études sont moins longues.

— J'y penserai… Vous en avez encore beaucoup d'âneries comme ça ?

— Pardon, désolé, mais qu'est-ce que vous venez chercher ici ?

— Un travail, Monsieur le curieux, la société de Monsieur Farrell recrute des hôtesses d'accueil diplômées en sociologie, excusez du peu, pour ses dîners d'affaires…

— Grosso modo, vous avez le profil…

— C'est ce que je me suis dit, j'ai envoyé un CV à tout hasard, et reçu un carton d'invitation comme réponse.

— Et…

— Je suis venue, j'imagine que je pourrai le rencontrer, lui ou son DRH, ce soir…

Arnaud haussa les épaules.

— Il viendra serrer quelques mains.

— J'ai cru que vous étiez de la maison quand vous m'avez abordée.

— Vous ne l'avez pas cru longtemps…

— Votre smoking est trop mal coupé pour que j'aie pu vous prendre au sérieux…

— Charmant…

— Ne vous vexez pas, vous avez de la classe quand même.

— Je ne sais pas comment je dois prendre ça !

— Prenez-le bien !

— Vous ne connaissez pas Zacharie Farrell, du coup !

— Non, et vous ?

— Il est facile à reconnaître…

Il n'avait pas terminé sa phrase qu'un homme en habit descendit les escaliers du balcon qui courait sur le tour de la salle. Arnaud se souvint de la photo du maître des lieux que lui avait montrée Luis au Pub. Il le désigna du menton à Cécilia.

— Le voilà, votre homme.

— Vous êtes sûr ?

— Sûr…

— Je l'imaginais moins… Il est pas mal, dites-moi…

— Ne vous laissez pas impressionner, faites attention, si vous bossez pour lui !

— Et pourquoi donc ?

— Une amie à moi travaille pour ce type.

— Ah bon… hôtesse ?

— Avocate de haut vol, et ce dernier terme m'agace !

— Et pourquoi donc ?

— Je suis là pour le découvrir…

— On pense à la même chose ?

— J'en sais rien, c'est vous la psy…

— Le haut vol, c'est passer par-dessus les autres, non ?

— En quelque sorte, la fin justifiant les moyens…

Arnaud ne répondit pas. Son visage s'était tendu, ses poings s'étaient serrés.

Elle regarda Farrell avant de lancer tout bas :

— J'ai répondu à cette annonce parce que je suis dans la panade…

— Ça ne m'étonne pas, c'est une constante de recrutement chez lui !

— Ah oui ?

— Idem pour mon amie…

— Ça en dit long sur le personnage…

— Sur le personnage, oui… Sur le job, j'ai du mal à saisir…

— On ne me payera ni pour abuser des clients, encore moins pour écarter les cuisses !

Arnaud sursauta comme s'il avait pris une décharge électrique.

— N'exagérez pas non plus !

— L'annonce n'était pas si claire que ça !

— Je veux bien, mais de là…

— Vous avez peut-être raison… ou tort… Parce que j'en ai eu des entretiens d'embauche où mon physique prenait subitement le pas sur mes compétences professionnelles.

— C'est pas banal votre histoire…

— Plus que vous ne le pensez et moi je veux bien séduire, roucouler, picoler, discuter foot et finances, mais coucher, non !

— Vous m'inquiétez !

— Pourquoi donc ?

— Parce que je n'imaginais pas qu'on puisse aller jusqu'à se prostituer pour…

Elle le coupa.

— Vous vivez dans quel monde, Monsieur le candide ?

— Le mien…

— Vous n'avez pourtant pas atterri ici, sans raison !

— Je suis là pour la meilleure des raisons, pour aider mon amie… mais ce que je découvre depuis quelques heures sur son job et son patron ne me plaît pas beaucoup.

— Ah bon ? Apparemment, ça ne se passe pas comme vous voulez !

— Pas du tout…

Cécilia le regarda avec cette acuité qu'ont les gens qui veulent vous percer à jour.

— Vous m'intriguez !

— Tant mieux…

Le sculpteur vida son verre en observant du coin de l'œil Zacharie Farrell qui serrait des mains, rendait les saluts qu'on lui adressait sur son passage, tout en se rapprochant du buffet. Le sommelier se déplaça, une coupe à la main. Le patron trempa ses lèvres dans le champagne, goûta une gorgée et rendit le verre en hochant la tête.

— Bon choix, Jérémy !

Le maître d'hôtel eut un grand sourire et le remercia.

Zacharie repéra la jeune femme et s'en approcha. Sa démarche était aisée, celle d'un affairiste sûr de lui, il portait beau et le savait, Arnaud le vit arriver, mais il était trop tard pour l'éviter. L'homme d'affaires l'ignora.

— Cécilia Patriat ?

Elle joua l'étonnée.

— Monsieur Farrell ?

— Bonsoir, Cécilia, vous êtes mieux au naturel que sur le dossier que vous m'avez envoyé.

Il se tourna vers Arnaud, le dévisagea.

— Monsieur ?

— Je suis un ami de Cécilia !

— Ah, très bien, vous avez raison de l'accompagner, passé minuit, les rues de la Principauté sont moins sûres !

Arnaud recula d'un pas.

— Je vous laisse discuter…

— Non, non, restez ! Cécilia, je vous verrai rapidement en fin de soirée, disons vers minuit. Mon bureau est au premier, vous demanderez le chemin à l'accueil.

La jeune femme hésita, puis se décida.

— Parfait, Monsieur Farrell, j'y serai !

— Désolé de ne pouvoir vous recevoir maintenant, j'ai un problème à régler qui ne souffre pas de retard…

— Je vous en prie, j'attendrai.

— Vous logez en ville ?

— À deux pas, à l'hôtel Miror.

— Parfait, nous n'en aurons pas pour longtemps… Jusque-là, amusez-vous, faites honneur au buffet et n'abusez pas du champagne…

Il s'éclipsa aussi vite qu'il était arrivé. Arnaud et Cécilia se regardèrent.

— Il m'a plutôt fait bon effet, cet homme !

— Meilleur que son pedigree, c'est sûr.

— Mais vous ne m'avez pas raconté ce qui est arrivé à votre amie.

Le sculpteur hésita, se dit qu'il avait déjà trop parlé. Un silence s'installa.

— En fait, je n'en sais encore rien !

Cécilia, étonnée, se tourna vers lui. Elle se cambra, releva ses longs cheveux d'une main et d'une voix posée.

— Mais, Monsieur le marchand, vous êtes là pour quoi, au juste ?

— Pour régler, de gré ou de force, les problèmes d'Emma… avec le type qui vient de vous faire un baisemain.

Arnaud s'en voulut d'avoir lâché son prénom.

— Vous comptez régler manu militari les problèmes de travail de votre amie avec son patron, un type que vous ne connaissiez pas il y a dix minutes ?

— Exact…

— Vous êtes un dangereux !

— Je peux le devenir.

— Ah, Arnaud, je peux vous demander un grand service ?

— Pourquoi pas !

— Ne me mêlez pas à vos histoires, s'il vous plaît !

— Ne craignez rien…

La jeune femme prit ostensiblement le large ; au bout de quelques pas, elle se retourna et, avec un sourire qui en disait très long :

— J'espère que tout se passera bien pour vous !

— Merci, faites gaffe à vous, Cécilia !

Son sourire disparut. Elle le salua d'un court signe de tête et se perdit parmi les invités.

Arnaud chercha le maître des lieux, il avait disparu, sans doute pour rejoindre son bureau et a priori Emma. Vers 23 heures, il y eut un silence et un mouvement dans l'assemblée. Un politique connu d'extrême droite apparut dans l'embrasure de la grande porte. Il stoppa, passa sa main dans ses cheveux blancs, attendit que tout le monde s'aperçoive de sa présence et s'avança à pas comptés vers un cercle d'amis qui déjà lui tendaient la main, le félicitaient de son récent succès à la députation européenne.

— Les larrons font la fête ! pensa Arnaud.

Deux gardes du corps suivaient l'homme du jour à distance respectueuse. C'était le moment qu'attendait le sculpteur. Le verre à la main, il louvoya jusqu'à la porte qu'il avait repérée et profita de l'arrivée d'un couple vedette de la télévision andorrane pour s'éclipser discrètement. L'escalier n'était éclairé que par les lampes de secours, qu'il se garda d'allumer. Il délaissa l'ascenseur et monta les marches de marbre blanc veiné de gris, un carrare… Penser aux carrières de Toscane lui mit du baume au cœur. Il se pencha, effleura la pierre des doigts, comme pour un baiser.

Sur le palier du premier étage, la double porte du bureau de Farrell ne laissait pas place au doute : large, cossue, à l'image des moyens du propriétaire. Arnaud lança un message groupé à Luis qui patientait dans son taxi et à Miguel toujours au Pub : *Je suis devant la porte du bureau de Farrell, je rentre !* Les deux réponses affluèrent d'un coup : *Ok !*

Luis ajouta : *Faites gaffe à Duss !* Arnaud attendit quelques secondes avant d'appeler le Serbe en faction dans le Dodge.

— Djuran, je vais rentrer chez ce pourri, je laisse mon portable allumé !

— Ok, fais attention, ces fumiers sont dangereux !

— Je ferai attention…

— Si tu as un problème, j'arrive !

Arnaud empocha son mobile, micro ouvert, serra des poings et s'avança sur la pointe des pieds vers la double porte.

12

Dans le vaste bureau de Zacharie Farrell, Emma se leva et se mit à arpenter l'épaisse moquette à carreaux.

Des heures que Duss la surveillait, sans qu'elle ne puisse tenter quelque chose pour s'échapper. Inutile de se rebiffer contre un homme aussi imprévisible. L'avoir vu donner ce coup terrible de poing américain à Salomé la rendait malade… Inutile de crier, les murs étaient parfaitement insonorisés. Ce bureau, elle aurait pu s'y déplacer les yeux fermés, elle le connaissait pour y avoir passé de longues heures à rendre compte des missions qu'il lui confiait.

Dans cet entourage familier, elle se forçait à attendre comme si elle n'était pas prisonnière, comme si la prochaine entrevue avec Zacharie était une entrevue ordinaire.

Ramenée de force de Pau en Andorre, elle n'était pas dans sa tenue habituelle de juriste au travail. Elle avait rassemblé ses cheveux, planté un tuteur au milieu pour tâcher d'ordonner sa chevelure. En congé, elle se relâchait, oubliait le coiffeur, son jean serré moulait ses hanches et la finesse de sa taille, son chemisier à peine décolleté dévoilait la naissance d'une poitrine libre de soutien-gorge. Pourtant, elle se sentait prête pour affronter son patron. Elle avait enlevé ses tennis blancs, se disant que les pieds nus, elle serait plus petite. En hauts talons, elle était aussi grande que lui et elle avait senti que ça ne lui plaisait pas plus que ça.

Le temps passait lentement. Elle se persuadait qu'il lui suffirait d'expliquer pourquoi elle voulait cesser son activité et tout rentrerait dans l'ordre, mais au fond, elle n'en menait pas large.

Ce n'était pas son sort qui la préoccupait le plus, mais celui d'Abby.

Sa gorge serrée, les nœuds dans son ventre lui rappelaient qu'elle ne savait toujours pas où était sa fille. Duss ne répondait pas à ses questions et Emma se demandait même s'il savait où elle était. Il fallait attendre Farrell. Ne pas savoir mettait Emma au supplice, la maman, la mère, la louve bouillait d'impatience douloureuse, prête à tout accepter, prête aussi à massacrer celui qui toucherait son enfant. Ce sentiment très fort était consolidé par l'absence du père. Emma se sentit très seule.

Son geôlier approchait le double mètre et la dominait d'une tête. Depuis qu'il avait enlevé l'avocate préférée du patron chez Salomé, il ne la quittait pas des yeux. C'était la première fois qu'il l'approchait de si près, il en aurait bien fait son quatre-heures. Seulement voilà, les avocates du boss en général, et Emma en particulier, étaient intouchables, pas question de les approcher, encore moins de les draguer. Le métis n'avait droit qu'aux prostituées qui fréquentaient le Pub, aux malheureuses employées qu'il tenait en main.

Restait la promesse de Farrell, Duss avait été super efficace dans la chasse à l'avocate. Il espérait que cette putain (c'était ainsi que dans son univers macho, il appelait les femmes) lui serait livrée pour subir sa punition. Pour ce sociopathe sorti du ruisseau, c'eût été une sorte de bâton de maréchal que de plier les genoux d'une intellectuelle destinée aux grands de ce monde. D'origine bulgare, Duss était une créature à part, froid, combatif, rancunier, élevé par un père agressif, incestueux, militaire de carrière, et une mère, incapable de l'éduquer, encore moins de le défendre. Adulte, il reproduisait ce qu'il avait enduré enfant. Si les coups de ceinture avaient laissé des marques sur sa peau, la violence de son père en avait fait tout autant dans son psychisme, dans son âme s'il en avait une. Il gardait de cette enfance une méfiance de tous les instants, forcé de supporter les humiliations, les coups que lui réservait son père dans ses excès de boisson. Quant à sa mère, elle composait avec son mari pour ne pas trop recevoir de coups. La jeune femme avait émigré de la région des Grands Lacs du Rwanda. Sa famille exterminée, elle avait réussi via un réseau de passeurs à échapper au massacre. Après un long périple, elle avait échoué dans un camp de réfugiés en Bulgarie. C'est là, dans la banlieue nord de Sofia, qu'elle avait rencontré Pavel Nela, un des soldats qui gardaient le camp des femmes. Ce dernier n'hésitait pas lorsqu'il pouvait abuser d'une réfugiée, malgré un règlement stipulant qu'aucune liaison ne serait tolérée. Pavel n'était pas né de la dernière pluie et s'arrangeait pour qu'il n'y ait pas de conséquences à ses fréquentes entorses. Faute de preuve, ses victimes n'osaient pas se plaindre. Elles se souvenaient toutes que cet homme brutal leur demandait de sourire lorsqu'il les violait.

Une nuit sans lune, la jeune et jolie Rwandaise se débrouilla pour rejoindre Pavel au bureau des entrées. Ils étaient seuls, elle se laissa séduire et fit ce qu'il faut pour qu'il ait envie de recommencer. Leur liaison dura un mois avant qu'un soir propice, avant de faire l'amour, elle ne déchire de ses ongles l'extrémité du préservatif. Pavel, confiant, ne s'aperçut de rien. Ce n'est qu'après, en retirant le préservatif, qu'il se rendit compte de la déchirure. Il eut du mal à croire à un accident et, furieux, la corrigea sévèrement pour la première fois. Elle n'avoua pas, mais deux mois plus tard, elle lui annonça être enceinte et prit sa deuxième raclée. Il émit des doutes sur sa paternité, elle menaça de se plaindre aux autorités et de demander un test ADN.

Pour éviter de graves ennuis avec sa hiérarchie, il l'épousa avant qu'elle n'accouche d'un garçon, Duss.

Elle avait épousé le passeport plutôt que l'homme, Pavel le savait et le lui fit payer sa vie durant. Il n'eut pas plus d'égards pour l'enfant, qu'il ne reconnaissait pas comme son fils. Les années passèrent, le gosse grandit et un jour dépassa son père, ce qui plut au premier et déplut fortement au second. Un soir d'habituelle beuverie, Pavel, après avoir battu et violenté sa mère, voulut corriger le fils. L'adolescent se réfugia dans la cuisine où sa mère pleurait en se rajustant pour préparer le repas.

Duss savait qu'elle ne bougerait pas, qu'elle laisserait son père le battre, le violer même s'il lui en prenait l'envie. Ce fut cette certitude d'être non seulement abandonné, mais abusé, humilié au vu et au su de la seule femme qu'il aimait, que quelque chose dans sa tête disjoncta.

— Viens là, saloperie de métis, que je t'arrange !

— Papa, s'il te plaît, calme-toi !

— Je t'ai déjà dit de pas m'appeler papa, tu entends, charogne !

— S'il te plaît…

— Ah, tu réponds, tu te crois plus fort que moi !

— Mais non, c'est toi le plus fort…

— Les grands maigres comme toi, je les plie en deux !
Pavel leva la main.

— Papa…

— Tu vas voir qui est le maître !

L'ivrogne, sûr de son impunité, attrapa son fils et le plaqua d'une main contre le pare-feu de la cuisinière chauffée au rouge. Sous la douleur, le garçon hurla et, pour se défendre, attrapa le tisonnier et frappa de toutes ses forces. Son père, à moitié assommé, s'emmêla les jambes dans un pantalon encore déboutonné et s'effondra sur les genoux. Le garçon leva le lourd pique-feu et l'abattit sur son crâne. Une fois, deux fois, au troisième, il y eut un craquement sinistre, l'ivrogne chancela, se mit à vomir avant de s'étaler de tout son long dans son sang et ses vomissures.

Le tisonnier soudé à la main, l'adolescent s'enfuit de la maison en hurlant. Il était effrayé de la barbarie de son acte, et sidéré du plaisir qu'il y avait pris.

Des années après, il repensait toujours, avec des frissons dans l'échine, à la jouissance qui l'avait envahi lorsqu'il avait fracassé la tête de celui qui ne voulait pas être son père, quand il avait recommencé jusqu'à ce que la cervelle gicle de son crâne. Il avait été si soulagé d'être libre, d'être si fort, si indestructible devant sa mère. La nuit de son parricide, il franchissait la frontière de sa Bulgarie natale et, quelques mois plus tard, débarquait en Espagne chez Petar Lipowski, un cousin au passé chargé et peu recommandable. Le truand sentit l'aubaine, ce n'était pas tous les jours qu'un parricide échouait dans ses filets. Après quelques braquages de supérette où Duss montra une violence à faire peur, le cousin prudent s'en sépara en le vendant à la voyoucratie bulgaro-madrilène qui vit dans ce grand ado combattif une proie de choix à exploiter. Elle le fit travailler pour éprouver sa loyauté avant de l'endetter un maximum pour payer protection et faux papiers. Il tint son rang d'apprenti soldat et, à sa majorité, on l'envoya à Marbella, haut lieu de la prostitution du réseau bulgare. Il paya sa dette en matant les filles rétives que les capos lui désignaient. Son passé de parricide les effrayait, il en usait et en abusait, et les filles le croyaient quand il leur jurait de s'en prendre à leur famille restée au pays si elles ne filaient pas droit. Sexuellement, il apprit à se servir, à assouvir ses désirs, sur des femmes terrorisées qu'il forçait à sourire lorsqu'il les violait.

Duss devint un soldat à part entière dans le milieu mafieux andalou. La fin de la récréation sonna quand une des filles, une mère courage à qui on avait enlevé le nouveau-né, alla au commissariat de Marbella dénoncer ses tortionnaires.

La police, six mois après le début de l'enquête, arrêta vingt-six truands en Espagne et huit en Bulgarie ; le réseau démantelé, Duss réussit à s'enfuir en Andorre avec de faux papiers où, pour se faire oublier, il se fit embaucher comme vigile de nuit au Supermercat Caves Manacor sur la route principale de Ransol. Le vigile habituel ayant été violemment agressé au cours de sa ronde nocturne et laissé quasiment pour mort. Évidemment, personne ne fit la liaison entre l'apparition du métis et la terrible agression.

Il se tint tranquille deux ans, tout en pénétrant les réseaux andorrans de la sécurité, jusqu'à ce qu'il soit recruté comme gardien de nuit pour une des sociétés de gardiennage appartenant à Farrell, poste dans lequel il excella rapidement. Le métis n'avait pas d'amis, il sortait peu et travaillait plus qu'on ne lui demandait. C'était un employé que les coups tordus n'effrayaient pas. On le recommanda au tout nouveau propriétaire du Trinqueta qui cherchait des vigiles aguerris, peu regardants sur les moyens. Le Pub et le Trinqueta avaient besoin d'hommes sûrs et sans scrupule pour pallier les rixes et au racket. Duss grimpa chaque échelon de la hiérarchie et en deux ans se retrouva propulsé chef de la sécurité, en profitant de la retraite de son prédécesseur. Farrell avait compris le fonctionnement du psychopate ; en dehors de la sécurité de ses établissements, il l'utilisait pour ses basses besognes. À se demander lequel était le plus malfaisant des deux.

À bout de nerfs, Emma arrêta d'arpenter le bureau et s'affala dans l'un des fameux fauteuils Le Corbusier en cuir noir qu'elle aimait tant. Pour la énième fois, elle demanda à son geôlier où était sa fille.

— Duss, savez-vous où est Abby ?

Une lueur s'alluma dans les yeux de son garde-chiourme. Le métis buvait du petit-lait, il jouissait de voir une intouchable à sa merci. Il prenait plaisir à humilier cette arrogante qu'il pensait ne jamais pouvoir approcher. Il attendit avant de lâcher lentement avec un sourire glacial au bout des lèvres :

— Elle est en lieu sûr... ne vous faites pas de souci... on s'occupe d'elle !

Ce qui avait le don de terroriser la maman et de réjouir son bourreau.

— Mais dites-moi si elle va bien, je vous en prie, je ne dirai pas que vous m'avez parlé...

— Vous êtes têtue !

— S'il vous plaît, je ne dirai rien...

— Ça tombe bien, moi non plus !

— C'est ma fille, j'ai le droit de savoir !

— Ici, vous n'avez que le droit de vous taire !

— Comment va-t-elle ? Lui avez-vous fait du mal ? Répondez-moi !

Emma avait bondi, elle était debout, les yeux brillants de rage, droite et fière, une mère, bec et ongles en avant. Duss se leva et contourna le bureau de Farrell, il était immense et menaçant, il s'approcha à la toucher et ne put se retenir.

— Tu vas te taire, sale petite pute, ou je t'en colle une !

Elle recula, Duss avait pris une voix doucereuse pour la tutoyer, la menacer, l'insulter, on sentait sa jouissance à chaque syllabe qu'il prononçait. Il la saisit par les cheveux, son visage vérolé, couturé, à quelques centimètres du sien.

— Je vais t'apprendre à me respecter !

Elle ferma les yeux, elle sentait sa main accrochée dans ses cheveux, elle ne pesait pas lourd face au géant.

— Vous me faites mal !

Elle paniqua, elle sentait son haleine. Elle s'immobilisa dans l'espoir qu'il la lâche, mais il assura sa prise. Elle se rendit compte que narguer cet homme n'était pas la meilleure façon d'arriver à ses fins. Domptée, elle baissa les yeux.

Il y eut un bruit derrière la porte d'entrée et Duss desserra son étreinte. Emma comprit qu'il ne voulait pas être surpris par son patron en train de la malmener. Elle en profita pour se libérer.

— Vous m'avez fait mal, je me plaindrai !

— Cause toujours…

— Je vous en prie, dites-moi simplement si elle va bien !

— Tu es du genre, entêtée, toi !

— Je vous en supplie, je ferai ce que vous voulez !

Il hésita, il ne s'attendait pas à ce que cette femme si fière le supplie ; il bomba le torse… Elle avait dû aimer sa poigne d'homme viril, aimer se faire dominer. Elle serait bientôt à sa main, il était sûr que cette salope le ferait autant par vice que par amour maternel. D'ailleurs, que savait-il de l'amour d'une mère pour son enfant, sinon son envers, la maltraitance qu'il avait vécue. Il attendit avant de répondre, il eut soudain la bouche sèche, le regard brillant, et ses antécédents à Marbella remontèrent à la surface, il savait les dresser, les rétives.

— Es más feo que la hostia que te dejaré la cara como…

(Je vais te donner une telle claque que je vais te mettre le visage comme…)

Il s'arrêta au milieu de sa phrase ; il n'était pas à Marbella. Le patron n'apprécierait pas qu'il abîme le portrait de celle qui était hier son avocate préférée.

— À genoux… salope…

Il s'approcha, la saisit encore par les cheveux, elle s'effondra, ses genoux s'enfoncèrent dans la moquette, elle baissa la tête, des larmes de rage au bord des yeux.

— Tu vois, l'avocate, tu commences à comprendre qui je suis !

Le géant hésita à poursuivre son avantage, mais Farrell pouvait surgir d'un instant à l'autre. Il mit son pied sur la poitrine de la jeune femme et la repoussa jusqu'à ce qu'elle tombe à la renverse. Il ne put se retenir de lui écraser le poignet sous son pied pour qu'elle ne bouge plus. Il mit un genou à terre, approcha son visage à quelques centimètres de celui d'Emma et lui lança à voix basse :

— Tu vas voir comme tu vas apprendre à m'obéir !

Elle hocha la tête jusqu'à ce qu'il la lâche, elle se releva en silence, essuya ses larmes. Il ne fallait pas qu'elle craque. Elle essaya de se persuader que Zacharie ne ferait pas de mal à sa fille, qu'il la laissait mariner dans les mains de ce psychopathe, pour l'effrayer, obtenir ce qu'il voulait. Bien sûr que Farrell savait que son point faible se prénommait Abby.

Duss se dit que s'il ramenait l'avocate dans le bercail, son patron lui serait reconnaissant. Il voyait qu'avec moins de finesse et plus de brutalité, il n'était pas loin d'y arriver. Emma s'était réfugiée dans son fauteuil au fond de la pièce. Le métis, debout près du bureau, lui faisait face avec sur le visage ce contentement qui la terrorisait, elle avait peur, cet animal à sang-froid le sentait et en profitait. Il n'y avait pas que la satisfaction de l'avoir à sa main qui transparaissait sur son visage, mais aussi tout le mépris qu'il portait à plus faible que lui. Dans l'esprit torturé de ce psychopate, Emma, en perdant son statut privilégié, passait d'une intouchable à une proie.

Farrell entra en coup de vent, claqua la porte derrière lui et se jeta dans le fauteuil de son bureau. Il fit signe à son factotum.

— Sers-moi un verre !

Le businessman ne touchait ni aux hommes ni aux femmes, mais était accro à la dive bouteille. Le plus souvent, il buvait seul dans son bureau, du blanc uniquement, il possédait en sous-sol une cave à faire pâlir un sommelier. Duss ouvrit l'armoire à vin dissimulée derrière une boiserie de la bibliothèque et sortit une bouteille de la partie réfrigérée, un Pavillon blanc du Château Margaux, un excellent vin blanc produit d'un assemblage de sauvignon. Il la déboucha, huma le bouchon et lui apporta un verre rempli aux deux tiers. Farrell but deux gorgées sans prêter la moindre attention à Emma.

— Toujours ce fabuleux équilibre entre moelleux et acidité, une œuvre d'art, ce vin !

Il avait l'air très préoccupé. Sans poser son verre, il décrocha son téléphone et fit le numéro écrit sur le post-it collé sur son sous-main.

— Allô, allô…

Emma tendit l'oreille et entendit le correspondant répondre :

— Qui est à l'appareil ?

— C'est Zacharie Farrell, passez-moi Matteotti !

— Je suis Vittorio Matteotti !

Le patron de Duss blêmit, il avait espéré une homonymie, mais le prénom ne laissait aucun doute. Il parlait à un homme d'honneur de la 'Ndrangheta. Dans son parcours, il avait toujours fait très attention à ne pas marcher sur les plates-bandes de l'organisation sicilienne, à se replier quand ses intérêts menaçaient de trop près les leurs. Il toussa pour s'éclaircir la voix.

— Vous avez appelé ce matin, ma secrétaire m'a noté de vous rappeler.

— Vous mettez du temps à réagir !

— Je ne comprends pas…

— Ça viendra, avez-vous lu jusqu'au bout ?

Farrell retourna le post-it et déchiffra à voix haute ce que la secrétaire avait noté. « *Est-ce qu'Abby vous dit quelque chose ?* »

Emma sursauta, et son patron pâlit un peu plus. Si Vittorio Matteotti le contactait, ce n'était pas pour faire la conversation. Par expérience, il savait qu'avec ces gens-là, ce n'était jamais simple. Il fallait ne pas paraître faible, mais savoir jusqu'où résister. Il se rassura en se disant que Matteotti, en grand truand avisé, n'avait aucun intérêt à envenimer leur relation.

— D'où connaissez-vous Abby ?

— Je la connais parce que cette jeune fille est bien sagement assise à côté de moi !

— Passez-la-moi !

— Impossible, mon cher, elle a une cagoule sur le visage, des bouchons dans les oreilles et un bâillon dans la bouche…

Emma se leva d'un bond, courut vers le bureau et tenta d'arracher le téléphone des mains de Farrell en hurlant :

— C'est toi, Abby ? Ma petite fille, je suis là, où es-tu ? Qu'est-ce qu'ils t'ont fait ?

— Maman !!!

Duss se précipita sur elle, l'entoura de ses bras et la serra à l'étouffer. Elle eut la sensation qu'un serpent s'était enroulé autour d'elle, ses pieds décollèrent du sol, elle ne pouvait plus bouger, la peur l'envahit et elle se débattit avec la force d'un gibier pris au piège.

Abby l'avait entendue, elle n'était pas aussi bâillonnée que Matteotti le disait, ça ne la rassura pas pour autant. Duss serra plus encore, Emma chercha à prendre de l'air sans y parvenir. Le Bulgare l'avait collée contre lui, les fesses de la jeune femme contre son ventre. Inconscient de sa force, il resserra sa prise. Elle pâlit, ouvrit la bouche, elle était sur le point de s'évanouir.

— Tu ne vois pas que tu l'étouffes, abruti !

— Allô ? Que se passe-t-il chez vous, la maman fait une crise d'angoisse ? Mettez-moi sur haut-parleur, qu'elle profite de notre conversation.

Farrell s'exécuta.

— Bon Dieu ! Que voulez-vous, Matteotti ?

— Aujourd'hui, mon cher, je suis un ami qui vous veut du bien, j'ai un marché à vous proposer.

— Ah bon, dites toujours !

— La fille contre la mère !

— Comment ça ?

— Vous me donnez Emma, je vous rends Abby !

— Mais je m'en fiche de la fille, moi !

— Vous, oui, mais sa mère, non !

Zacharie se gratta le cuir chevelu.

— Expliquez-moi, je ne comprends toujours pas !

— Les hommes d'honneur, vous connaissez ?

— Pourquoi ? Qu'est-ce qu'ils viennent faire ici ?

— Figurez-vous qu'il en est un de notre famille d'Afrique du Sud qui aimerait récupérer cette femme pour un de ses frères…

« La famille… » Farrell savait ce que ce nom impliquait ; il tenta de négocier.

— Emma est à moi, elle n'est pas à vendre !

— Je n'ai pas l'intention de vous l'acheter, mais de vous la prendre…

— Il n'en est pas question !

Emma bondit. Farrell parlait d'elle comme de sa chose, comme si elle lui appartenait, elle se rendit compte à cet instant du monde dans lequel elle s'était fourvoyée. La voix grave et tranquille du mafioso reprit :

— Ne soyez pas obtus, Zacharie, elle vous a déjà quitté !

— Elle ne m'a pas échappé longtemps !

— Exact, mais la prochaine fois, elle préparera mieux son coup et je devrai courir pour la récupérer.

— Mais, bon Dieu, des avocates d'affaires, ce n'est pas ce qui manque dans le pays !

— Un, ce n'est pas mon pays, je vous appelle de Rome ; deux, une fille avec son palmarès, ce n'est pas courant ; et trois, mon associé et cousin de Johannesburg a une dette envers un des frères Boroug. Chez nous, Signore Farrell, les dettes, on les honore !

— C'est qui ces Boroug ?

— Vous le savez très bien, les Boroug, ou ce qu'il en reste, est une famille à moitié décimée par Emma et feu son mari. Lui a payé sa dette ; quant à elle, la sienne est toujours inscrite sur l'ardoise.

— Que vient faire Abby dans cette histoire ?

— Vous me décevez, un peu de jugeote, voulez-vous…

Matteotti se racla la gorge et continua :

— Mais la fille, mon ami, c'est l'appât auquel ne pourra pas résister sa mère !

— Qu'en ferez-vous ?

— Moi, rien, mais les Boroug ont leur idée. J'ai l'impression qu'au mieux, les deux finiront dans un obscur bordel pour noirs sud-africains.

— Gardez Abby, je garde Emma !

— Je crois, Zacharie, que vous ne m'avez pas encore compris. Nous ne sommes pas du même monde, vous et moi, ce ne sont pas votre société de péripatéticiennes, vos affaires louches et votre bataillon d'avocates demi-mondaines qui font de vous un adversaire capable de me résister.

Farrell se redressa, il sentit l'injure et la menace comme une brûlure, on ne le traitait pas de la sorte.

— Et si je refuse et si vous bluffiez ?

— À vous de voir si vous faites le poids, vous avez jusqu'à demain matin, je vous enverrai mes hommes à 11 heures au Pub, tâchez qu'Emma soit présente.

— Sinon ?

Le ton du mafieux changea du tout au tout, sa patience était à bout, il n'avait pas l'habitude qu'on discute ses volontés, encore moins ses ordres.

— Sinon, petit maquereau de merde, je te déclare une guerre dont tu n'as même pas idée, et ton avocate, je viens la chercher moi-même !

Aux derniers mots du mafieux, Emma hurla :

— Et Abby ?

Le mafioso répondit d'une voix neutre :

— Ça dépendra de toi et de ton boss, ta fille sera dans un 4x4, demain à 11 heures pétantes, garé devant le Pub, il te suffira de vérifier et de monter à sa place.

Elle hurla encore :

— Ne lui faites pas de mal, je vous en prie, je ferai ce que vous voulez, mais ne lui faites pas de mal…

Vittorio Matteotti lui coupa la parole.

— Ah ! J'oubliais, dernière précision au cas où il vous viendrait de mauvaises idées, la fille aura un collier autour de son cou, ne tentez pas celui qui tiendra la laisse !

Emma s'évanouit, Farrell mit sa tête dans ses mains, on le sentait paniqué. D'habitude, c'était lui qui menaçait, qui méprisait, qui insultait. Il répondit d'une voix sourde :

— Ok, ok… On voit ça demain, onze heures, devant le Pub, noté !

Vittorio Matteotti raccrocha. Le businessman vida son verre et s'essuya le front dans son mouchoir. Il transpirait à grosses gouttes. La jeune femme se réveilla sous le verre d'eau froide que Duss lui balança au visage. Farrell rugit.

— Ma moquette, Ducon !

— C'est de l'eau patron, de l'eau !

C'est à ce moment qu'Arnaud se décida à frapper à la porte et, sans attendre de réponse, entra dans le bureau. Il vit Emma à terre et le métis à ses côtés. Duss se releva d'un bond et, en bon chien de garde, se précipita pour se mettre entre l'intrus et son boss. Il aboya :

— Qu'est-ce que vous venez faire ici ?

Le sculpteur fit l'innocent.

— J'ai dû me tromper, je cherche Cécilia…

Duss réagit brutalement.

— Il n'y a pas de Cécilia ici, vous sortez !

Arnaud laissa peser son regard sur Emma qui le regardait comme s'il était le messie en personne. Il lança plus fort qu'il n'aurait voulu :

— Vous avez un souci de santé, Madame ?

À ce moment, l'homme d'affaires reconnut Arnaud.

— Oh, elle n'a eu qu'un léger malaise, Monsieur l'ami de Cécilia, rien de grave, répliqua Farrell.

Arnaud bluffa.

— Je suis toubib, cette femme a besoin de soins, si vous permettez, je vais…

— On ne permet pas…

— Vous plaisantez ?

Farrell, qui avait reconnu l'ami de Cécilia rencontré au début de la soirée, prit la parole.

— Ne vous inquiétez pas, Docteur, mon assistante a eu un malaise vagal, nous étions en train de la soigner quand vous êtes arrivé.

— C'est ce que je disais, cette femme n'est pas bien.

— On s'en occupe ; maintenant, je vous prie de sortir, vous n'avez rien à faire ici.

— Mais…

— Duss, raccompagne monsieur et trouve-moi l'abruti chargé de garder ma porte.

— Oui, patron !

Le métis était très embêté par l'intrusion d'Arnaud, elle dénotait une faille dans la sécurité dont il était responsable. Il savait que si le boss pardonnait les erreurs, il n'avait aucune pitié pour les fautes.

Tout ça n'était pas normal, il se passait quelque chose qu'il ne comprenait pas. Il regarda ce docteur surgi de nulle part, en se demandant s'il était de près ou de loin en relation avec Vittorio Matteotti. Le coup de téléphone d'une figure de la mafia calabraise et l'aveu d'impuissance du maître du Trinqueta le mettaient mal à l'aise. Il s'apercevait de la vulnérabilité des entreprises de Farrell et donc de son job. Prudent, au lieu de virer Arnaud, il s'en approcha en le priant de bien vouloir sortir.

C'est le moment que le sculpteur choisit pour décocher un terrible coup de coude dans le foie du géant qui se plia en deux. Il y avait mis toute sa force, il continua avec un uppercut à assommer un bœuf, juste à la pointe du menton. Duss s'écroula, la bave aux lèvres sans pouvoir reprendre sa respiration. Farrell se précipita vers son sac de golf, en tira un putter et le brandit devant lui. Arnaud recula pour éviter les moulinets, la lame en métal le frôla plusieurs fois. Il se baissa, saisit le tapis sur lequel s'escrimait son adversaire et tira violemment. Le tapis, Zacharie et le putter basculèrent. Le sculpteur récupéra la canne de golf. Farrell se releva, se réfugia derrière son bureau. Arnaud ordonna :

— Asseyez-vous !

Le patron d'Emma fit la grimace ; qui était cet imbécile qui venait piétiner ses plates-bandes ?

— Vous ne perdez rien pour attendre, vous ne savez pas qui je suis !

— Bon Dieu, assieds-toi ou je te massacre !

Emma en pleurs, se précipita dans les bras de son amant sous les yeux ahuris de Farrell qui ne comprenait plus rien. Arnaud la questionna.

— Où est Abby ?

Elle répondit si vite qu'il ne comprit pas tout de suite.

— Je ne sais pas, ils viennent d'appeler, ils l'ont enlevée, tu te rends compte ? Ils veulent l'échanger contre moi demain matin à 11 heures.

— Qui l'a enlevée ?

— Un type, Vittorrio je sais plus quoi, de la mafia calabraise, il appelait de Rome pour le compte des frères Boroug.

Arnaud la serra encore plus dans ses bras. La seconde hypothèse émise au restaurant avec Djuran se confirmait. Il essaya de calmer Emma.

— On va essayer de ne pas paniquer.

— Mais Arnaud, comment on va la récupérer ?

— Qui a répondu à ce type, qu'a-t-il à voir avec les Boroug ?

Farrell, qui avait retrouvé ses esprits, leva la main.

— C'est moi qui ai répondu ; ce type, c'est Vittorio Matteotti, il est connu dans le milieu romain, c'est un chef mafieux, un type dangereux.

Il y eut un grand silence, les tentacules de la pieuvre venaient d'entrer dans le bureau.

— Que comptez-vous faire, Farrell ?

— Rien, que voulez-vous que je fasse ? Il est capable de venir me coller une balle dans le ventre si je ne lui donne pas ce qu'il veut...

— Vous n'exagérez pas un peu, là ?

— Vous croyez ? Si vous voulez vous mesurer à un parrain issu de ces familles qui séquestrent des enfants des années durant dans des grottes sans lumière, pour obtenir ce qu'ils veulent… Allez-y, moi, je passe la main…

— On n'est pas en Sicile !

— Eux non plus, mon cher, longtemps qu'ils n'y sont plus…

— Et la police ?

Farrell haussa les épaules.

— Vous n'avez aucune chance de réussir, vous allez y laisser votre peau…

— On verra…

— C'est tout vu…

Arnaud prit les mains d'Emma, elles étaient glaciales. Elle était d'une pâleur à faire peur.

— Je vais te la retrouver !

— Non, je ne veux pas risquer la vie de ma fille ; demain, je me livrerai, tu prendras Abby avec toi et tu t'en occuperas… Tu me le promets ?

— Je ne te promets rien du tout !

Quand Farrell reprit la parole, il était sombre, abattu.

— Mais bon sang de bois, essayez de comprendre, vous ne pourrez jamais vous mettre en travers de ce type.

— Pour le savoir, il faut essayer…

— Il a une dette à honorer, il ne vous loupera pas, c'est un homme d'honneur…

— Moi aussi…

— Comment ça, vous aussi ?

— On n'a pas la même notion de l'honneur…

Le téléphone d'Arnaud vibra. C'était Djuran qui s'impatientait.

— Tu as coupé, tu es où ?

— Avec Emma !

— Ok, j'arrive !

— Non, reste où tu es !

— Tout va bien ? Tu sors quand ?

— Dès que je peux, ça ne va pas tarder.

Arnaud raccrocha et demanda à Farrell de prévenir les gardes de les laisser sortir.

— Au point où j'en suis, je me demande si c'est utile. Cette maison est un moulin !

Il appela le vigile responsable des entrées du Trinqueta et en profita pour passer sa rage. L'intrusion dans ses bureaux devait avoir un fautif. L'agent se défendit, il était sûr d'avoir contrôlé toutes les invitations.

— Si vous n'êtes pas foutus de garder une porte !

— Monsieur Farrell, on vous a déjà alerté, tant que vous ne ferez pas de cartons d'invitation nominatifs, on ne pourra pas empêcher quelqu'un de passer.

— Bientôt, ce sera ma faute… Contentez-vous de faire votre boulot ; pour le reste, je m'en occupe. Lilith et son ami vont sortir de mon bureau, vous les laissez passer.

— Je ne les retiens pas

— Vous êtes sourd ?

— Ok, je laisse passer…

Farrell, en colère, raccrocha violemment.

— Barrez-vous, partez loin, très loin… À la minute où vous sortirez, je vais m'occuper de vous, et si j'en crois Matteotti, je ne serai pas le seul !

Arnaud ragea.

— Taisez-vous et gardez les mains bien à plat sur le bureau.

Duss, affalé de tout son long en travers de la porte d'entrée, essayait de récupérer. Il se mit en chien de fusil et ne bougea plus. Il ouvrit un œil, s'assura qu'Arnaud ne le regardait pas et remonta lentement la jambe de son pantalon. Le revolver accroché à sa cheville, un Derringer 45 à quatre coups, était toujours dans son étui. La crosse en bois verni de la taille d'une balle de golf vint se loger dans sa paume ; du pouce, il leva le chien. Il ne restait plus qu'à se retourner et à viser. La balle de 11,43 mm ferait le reste.

13

Dans sa maison bourguignonne de Couhard, Lucian Souberou regarda le soleil se coucher derrière les remparts d'Autun, dernières lumières du soir sur le haut de la cathédrale et de la Tour des Ursulines. Il ne regrettait pas d'avoir acheté la vieille demeure de famille appartenant à son oncle. Chaque matin, il avait sous les yeux les pierres séculaires qui lui rappelaient son enfance.

17 h 30, une demi-heure qu'Arnaud l'avait appelé, il chargea le dernier sac dans sa Jeep. 700 kilomètres le séparaient d'Andorre, sept heures de route suffiraient au Wangler pour les avaler, il serait à pied d'œuvre vers une heure du matin.

Quand, l'avant-veille, Lucian pestait contre l'infernal bruit du Dodge, l'empêchant d'avoir une conversation audible, il avait compris l'essentiel. Arnaud, pied au plancher, courait au secours de sa belle pour régler un différend avec un certain Zacharie Farrell, son patron…

— Dans quel pétrin, va-t-il se fourrer ?

Il avait tenté de le rappeler ; chaque fois, il était tombé sur le répondeur. Le lendemain, après avoir retracé le parcours de Farrell sur le Net, il avait laissé un message.

« Cette histoire ne me plaît pas du tout ; des Farrell, des voyous en col blanc, j'en ai connu assez pour savoir qu'ils sont capables de bien des saloperies ! Fais très gaffe à toi, je t'embrasse, vieux frère ! »

Lucian connaissait assez son ami pour savoir qu'il ne ferait pas dans la dentelle et cela l'inquiétait.

Il le fut encore plus quand Arnaud, mort d'inquiétude, l'appela de son hôtel du Pas-de-la-Case. Le pedigree de Farrell était éloquent, mais de là à imaginer qu'il était capable de séquestrer Emma, il y avait une sacrée marge.

Lucian Soubirou noua son foulard de commando autour de son cou. Le contact de la soie le rassura. Grand, mince, noueux, une belle gueule de casse-cou, c'était un homme aimant la bataille, toujours prêt à la castagne. Éduqué à l'ancienne par un père veuf, dur et intransigeant, il s'était engagé à vingt-deux ans après des études de droit. Son engagement validé par les autorités militaires, il partit à Lorient pour ses classes avant de s'envoler pour Djibouti. Recruté pour cinq ans, il fit son temps sans jamais regretter son choix.

Dans ce monde de soldats où la souffrance reste une valeur cardinale, il avait dû apprendre à supporter celle des autres au milieu de déserts, de jungles implacables… apprendre l'humilité devant les paysages grandioses de l'Afrique noire.

Démobilisé, il resta sur le continent africain, à louer ses services, à bourlinguer au gré des contrats. L'armée et sa discipline avaient canalisé cette combattivité qu'il portait en lui. Il était rarement revenu en métropole, mais il envoyait régulièrement de ses nouvelles à son ami. Quand ils se revoyaient, c'était comme s'ils s'étaient quittés la veille. L'accident d'Arnaud, sa chute de l'échafaudage, avait été le déclencheur ; inquiet, Lucian était rentré en France. Opération après opération, le séjour à l'hôpital s'éternisant, il était resté, pour l'aider dans sa rééducation.

À sa sortie, il avait promis de lui donner un coup de main pour exposer ses sculptures. Il croyait au talent de son sculpteur préféré et l'avait emmené à Paris chez Wen Show, la galeriste, pour cette exposition où Arnaud avait rencontré Emma. Si au tout début, il était heureux que son ami ait à nouveau une relation amoureuse, il avait vite déchanté. La fuite de la belle au petit matin, sans un mot d'explication, son retour la semaine suivante, avaient fortement perturbé Lucian. Emma, à ses yeux, n'était pas la compagne idéale pour un artiste comme Arnaud.

Il était trop naïf, trop généreux, trop nature. Leur seconde séparation l'avait rassuré ; au moins, se disait-il, son ami avait pris du bon temps sans y laisser trop de plumes.

Alors, quand il apprit par Salomé qu'Arnaud montait au créneau pour secourir sa dulcinée en conflit avec son patron, il avait compris qu'il s'attaquait à plus fort que lui.

Il connaissait assez ces gens-là pour savoir qu'il ne serait pas le bienvenu dans leurs affaires. Lucian décida de reprendre du service avec armes et bagages.

Au volant de sa Jeep, plus construite pour les pistes des déserts africains que pour l'autoroute, il arriva en vue d'Andorre au moment où Arnaud frappait à la porte du bureau de Farrell. Au premier passage dans la Grand-Rue, il repéra le Dodge cabossé sur le parking. L'homme installé au volant du pick-up lui était inconnu.

Fatigué, Djuran ne fit pas attention à la Jeep qui se gara à l'autre bout du parking. Lucian n'eut pas à attendre longtemps, il vit le jeune Serbe descendre du Dodge, cacher quelque chose sous le siège conducteur et allumer un cigarillo. Quelques pas rapides et il lui sauta dessus par-derrière, clé au cou, genoux dans le dos.

— Qu'est-ce que tu fais dans cette auto ?

Le Serbe, à moitié étranglé, articula avec peine :

— C'est à mon copain !

— Comment ça ton copain, comment il s'appelle ?

— Arnaud, bordel, qui t'es, qu'est-ce que tu veux ?

Le militaire desserra son étranglement.

— Tu connais Arnaud ?

— Putain oui, c'est lui qui m'a demandé de garder son pick-up !

— Comment tu t'appelles ?

— Djuran…

— Le mari de Salomé ?

Lucian lâcha prise. Le Serbe se retourna, les yeux brillants de rage.

— Et toi t'es qui, putain, tu m'as cassé la nuque !

— Un ami d'Arnaud !

— Pourquoi tu m'as attaqué ?

— J'ai cru que tu étais un homme à Farrell. Il est où Arnaud ?

— Il est entré au Trinqueta pour chercher Emma, il doit m'appeler si ça dégénère. Pour l'instant, j'en sais pas plus.

— Le Trinqueta ?

— Là-bas, à 100 mètres, la boîte à Farrell !

— Et tu crois qu'il aura le temps de te passer un coup de fil si on lui tombe dessus ?

— Gros malin, qu'est-ce que tu veux que je fasse d'autre, c'est le plan de ton ami !

— Bon, reprends ton poste dans le pick-up, moi, je me charge de le retrouver.

Il laissa le Serbe, sortit du parking et se présenta à la porte du Trinqueta. Il n'avait pas de tenue de soirée, sa tenue de baroudeur dut alarmer un vigile qui sortit.

— Holà, tu vas où ?

— À la soirée, pourquoi ? C'est interdit ?

— Tu as un carton ?

— Non !

— Lève tes mains !

— Ne joue pas à ça avec moi !

Le vigile essaya de le palper. Lucian blêmit.

— Ôte tes mains !

Le videur comprit qu'il ne plaisantait pas ; sans un mot, il cessa son jeu d'intimidation.

— Je veux juste boire un verre !

— Pas ce soir, soirée privée… Pas VIP, pas invité, pas le droit d'entrer !

Lucian se mit à rire.

— T'as bien appris ta leçon, mon gars !

— Ma quoi ?

— Laisse tomber, ce serait trop long.

Le vigile haussa les épaules, s'assura qu'il partait et retourna au Trinqueta. Lucian revint au parking. Le Serbe descendit la vitre, il avait le fusil à canons sciés sur les genoux.

— Qu'est-ce que tu fais avec cette arme ?

— Il était sous le siège, il est mieux sur mes genoux, on ne sait jamais !

Le baroudeur reconnut le fusil, c'est à lui que revenait chaque année le rituel du nettoyage. Cette arme, le sculpteur la gardait comme un souvenir de son père. Cela lui rappelait les retours de chasse, l'odeur du gibier fraîchement tué sur la grande table de l'atelier, les chiens excités aboyant dans la cour. C'était la même arme, la même usure de la crosse.

— C'est à son père, tu sais t'en servir ?

— Je suis serbe…

— Bon, fais gaffe, ici, on n'est pas en guerre.

— Moi si, fallait pas qu'ils touchent à ma femme.

Djuran raconta l'agression de Salomé, à Pau. Sa rage se lisait dans ses yeux noirs. Lucian essaya de le calmer.

— Je savais pour Emma, pas pour Salomé… Faut pas que tu perdes ton sang-froid…

— Ça ne risque pas, j'ai vu pire dans mon pays !

— Les vigiles du Trinqueta, ils sont armés ?

— En théorie non, en pratique oui… mais j'ai pas peur, ils ne savent pas de quoi je suis capable…

— Calme, Djuran…

— Je suis calme…

— Reste à ton volant, ça peut servir… Moi, je vais passer par-derrière le Trinqueta pour tâcher d'entrer dans la boîte.

Lucian laissa le gitan sur son parking. Pour qu'Arnaud ait scié les canons avant de dégringoler en Andorre, il lui fallait une mauvaise raison, cette histoire ne lui ressemblait pas. Le militaire était sûr qu'Arnaud s'était fait piéger. Ces gars-là n'étaient pas des amateurs et son artiste, tout futé et fort qu'il soit, ne faisait pas le poids. Il descendit sur la Carrer del Docteur Nequi, qui menait à l'arrière du Trinqueta. Une grille de fer interdisait le passage. Au fond de la cour, entre quatre entrées de garages, une porte en verre dépoli laissait filtrer de la lumière. Le lampadaire de la rue éclairait assez pour qu'il repère la caméra placée sur la façade. Lucian, la démarche titubante, se rapprocha de la grille et fit mine de se déboutonner pour se soulager contre le pilier. Il n'eut pas à attendre longtemps.

— Holà, ne restez pas là !

Un vigile, sorti du bureau comme un diable, la casquette siglée sécurité enfoncée sur la tête, s'approcha en râlant.

— Mais c'est pas vrai, pisse pas là, bon sang d'ivrogne…

Engoncé dans son blouson, le garde se planta derrière le portail. Lucian pivota, le saisit par le col et le plaqua contre les barreaux en l'étranglant, ses poings sur la carotide.

— Ne joue pas au héros !

Le front du vigile pâlit. Lucian relâcha sa pression pour ne pas le tuer, l'homme s'affala par terre. Il ne restait plus qu'à escalader les grilles, sauter dans la cour et traîner le vigile inconscient dans le bureau. Ce dernier se réveillait déjà, il le bâillonna, le menotta au radiateur. Il lui prit son téléphone au cas où la sécurité appellerait et le soulagea d'un pistolet semi-automatique. Les gestes étaient précis, répétés des centaines de fois en commando. Il jura entre ses dents :

— Les gardes de Farrell sont armés, Djuran avait raison !

Le béret vert des commandos marine, Lucian en avait bavé pour l'obtenir. Quatre mois de marche de jour, de nuit, de boue, de sortie en mer sur zodiac, de plongée bouteille et apnée, avant de suivre un stage de chuteur de haute altitude. L'année suivante, il avait réussi une formation de spécialiste en démolition. Il était devenu démolisseur. Les explosifs n'avaient plus de secret pour lui. C'est dans ces années d'Afrique qu'il avait rencontré toutes sortes de personnages peu recommandables… des financiers avides, des baroudeurs, des politiques véreux, des humanitaires aussi. Devenu accro à l'action, à ses dangers, fort de sa qualité de chef de mission, titre qu'il avait décroché à la fin de son temps, il était resté sur le continent africain après son temps réglementaire pour servir des officines en perpétuelle recherche de mercenaires. À cette époque, les gouvernements instables payaient grassement les services rendus. L'ex-lieutenant de l'armée Française avait amassé assez d'argent pour pouvoir se chauffer ad vitam au coin de sa cheminée morvandelle, près de la cathédrale qu'il aimait tant.

La porte arrière du bureau donnait sur l'escalier menant aux étages. Le militaire ouvrit lentement et se trouva nez à nez avec Cécilia qui montait à son rendez-vous chez Farrell. Elle eut un mouvement de recul en découvrant Lucian en tenue de baroudeur, une crosse de pistolet dépassant de la ceinture. Elle s'arrêta, prête à tourner les talons. Il lui fit un sourire et mit un doigt sur ses lèvres.

— Ne criez pas, montez, je ne vous ferai aucun mal !

Elle hésita, ce type sorti de nulle part ne lui inspirait aucune confiance. Il la questionna.

— Savez-vous où sont les bureaux de Farrell ?

— À l'étage… J'ai rendez-vous avec lui dans 10 minutes…

— Il va falloir patienter, je vais passer avant vous…

— Je suis moins pressée subitement…

— Parfait, montez !

— Je préfère rester là, j'ai le temps !

— Montez ou je me fâche !

— Ok, ok, on y va, restez calme…

Elle se décida, incapable de s'enfuir dans son étroite robe de gala. Elle se dit qu'elle aurait dû suivre les conseils d'Arnaud et ne pas accepter ce rendez-vous tardif dans le bureau de Farrell. C'était la première fois qu'on la convoquait pour un entretien d'embauche à une heure pareille, elle se dit que c'était la dernière. Elle hésita à gravir les dernières marches, il la prit par le bras, la hissa presque sur le palier, lui demanda de grimper la moitié des escaliers du deuxième étage et l'obligea à s'asseoir.

— Ne bougez pas, je n'en ai pas pour longtemps… Restez tranquille et tout se passera bien…

— Que faites-vous ?

— Je viens juste chercher une de mes amis que le propriétaire de cette boîte retient dans ce bureau et je me sauve…

Cécilia eut un sourire crispé.

— Décidément, c'est une manie chez cet homme de retenir les gens contre leur gré !

— Comment ça ?

— Il y a moins d'une heure, j'ai croisé un type qui venait chercher son amie !

— Arnaud ?

— Oui, un marchand d'art.

— Il est sculpteur, pas marchand.

— Comme vous voulez, si vous me laissiez partir, maintenant ?

Lucian n'eut pas à répondre, une détonation provenant de chez Farrell le fit sursauter. Le bruit avait été étouffé par l'isolation phonique de la porte, mais c'était bien un coup de feu. Le militaire en avait assez entendu pour ne pas se tromper.

Il sortit son arme, enleva la sécurité et fit comme il avait appris en opération. Il abaissa la poignée de la double porte et décocha un violent coup de pied dans le battant pour dégager son champ de vision avant d'entrer au pas de course et en hurlant. Tout le monde sursauta, Arnaud venait de se prendre la balle tirée par Duss. Il était allongé, pissait le sang et se tenait la jambe, il enrageait de douleur et ressemblait à un lion qu'on vient de mettre en cage. Emma, penchée sur lui, enlevait sa ceinture pour tenter un garrot. Il n'eut pas le temps d'en voir plus ; Duss, toujours allongé sur la moquette, eut le réflexe de balancer ses jambes dans celles de Lucian qui ne put les éviter. Il trébucha et s'affala de tout son long. Le métis lui sauta dessus et lui enfonça le canon brûlant du Derringer dans la bouche.

— Tu bouges, je tire…

Il tremblait de rage, à deux doigts d'appuyer sur la détente, Lucian le sentit et ne bougea plus. Emma hurla de peur.

— Calme-toi, Duss !

Farrell s'aperçut de la nervosité de son homme de main.

— Bon Dieu, fais pas de connerie, range-moi cette arme !

Le métis se releva lentement et remit son pistolet dans son étui. Farrell récupéra celui du militaire et le brandit comme un trophée.

— Le premier qui se prend pour un héros, je lui en ôte l'envie à tout jamais !

Lucian se releva en se tenant le poignet, son visage s'était couvert de sueur…

Farrell hurla :

— Mais bon Dieu, qui êtes-vous ? Vous aussi, un ami d'Emma ?

La réponse fut claire.

— Non, un ami d'Arnaud.

L'affairiste était furieux. La bagarre, le sang sur sa moquette n'étaient pas dans ses façons de fonctionner. Il aimait les combines juteuses, les entourloupes compliquées, pas les coups de feu dans son bureau. Il s'adressa à Duss :

— Et toi, qu'est-ce qui t'a pris de tirer ?

— Mais patron, j'ai cru qu'il allait sortir une arme !

— Prends-moi pour un imbécile… Le menacer suffisait ! On fait quoi maintenant, on appelle les secours, le SAMU ?

Emma, qui n'arrivait pas à empêcher la blessure d'Arnaud de saigner, se retourna vers Farrell.

— Appelez une ambulance, faites quelque chose, il se vide…

— Une ambulance, rien que ça, pourquoi pas les pompiers aussi ?

Lucian menaça.

— Dépêche-toi d'appeler des secours, Farrell, il faut stopper l'hémorragie !

— Oh, n'exagérez pas, il est touché à la jambe votre copain, pas à la tête !

— Si la fémorale est touchée, il va perdre tout son sang !

— Si elle était touchée, il serait déjà parti dans les vapes…

Farrell, le pistolet dans une main, le mobile dans l'autre, tapa du pouce un numéro.

— Allô Doc !

— Oui, Zacharie, qu'est-ce qu'il se passe encore ?

— Plaignez-vous, j'ai du boulot pour vous !

— Quel genre ?

— Duss a joué au justicier avec son Derringer de poche…

Le toubib eut un long soupir.

— Pas étonnant… Je vous avais bien dit de vous séparer de ce psychopathe, ce type a un problème, il est dangereux !

— Ce n'est pas le moment d'en parler, je vous attends dans mon bureau !

Il raccrocha et se tourna vers Duss.

— Et toi, abruti, vérifie qu'il n'y a pas d'autres types sur le palier.

Le métis revint trois minutes plus tard avec une Cécilia livide à son bras. Farrell dissimula son arme. L'entrée de la jeune femme le mit en colère.

— Ah non ! Qu'est-ce que vous fichez là, vous ?

Cécilia, toute tremblante qu'elle soit, ne se démonta pas.

— Vous m'aviez donné rendez-vous, non ?

— On va vous raccompagner. Je suis en réunion et ça ne se passe pas comme je veux !

— Pas la peine de préciser, ça se voit…

— C'est un accident, ne vous faites pas des idées !

— J'en suis persuadée, je m'en vais.

— Tâchez d'oublier ce que vous avez vu, si vous voulez rester en bonne santé, et revenez me voir le mois prochain, j'aurai quelque chose pour vous.

Farrell, la mine suffisante, ouvrit un tiroir, en sortit une liasse, prit deux billets de 500 € et les lui glissa dans la main.

— En guise de dédommagement pour vos frais de déplacement !

Les billets entre pouce et index, Cécilia hésita, elle en avait vraiment besoin de cet argent, mais le sourire de conquérant qu'affichait Farrell ne lui plaisait pas. Elle lança d'une voix rauque :

— Là, Monsieur Farrell, c'est beaucoup trop.

— Ne discutez pas, prenez et sauvez-vous.

— Vous m'achetez, vous me prenez pour une pute !

Farrell changea de ton.

— Je vous prends pour ce que vous n'êtes peut-être pas encore, mais que vous serez bientôt, croyez-moi !

Cécilia pâlit, elle s'approcha de Zach qui recula et, d'un geste brusque, le frappa au visage d'un aller-retour avec les billets, avant de les déchirer lentement en petits morceaux et de les lui jeter à la figure. Elle se recula, fit quelques pas vers la sortie avant de se retourner. Les yeux brillants de colère, elle lâcha d'une voix sourde :

— Si j'étais un mec, je vous les ferais bouffer !

Cécilia croisa le toubib au bas des escaliers, il la salua et remarqua son visage fermé, sa pâleur.

— Quelque chose ne va pas ?

— Vous montez chez Farrell ?

— Pourquoi ?

— Il y a un blessé là-haut !

— Je sais, je suis docteur.

— Alors dépêchez-vous, moi, je vais prévenir les flics, je suis sûre que sa blessure à la jambe n'est pas un accident !

Le toubib la stoppa d'un geste.

— Un conseil, Mademoiselle, ne vous pressez pas d'alerter la maréchaussée !

Il n'eut pas à frapper, la porte était ouverte. Farrell, assis à son bureau, pistolet en main, tenait son monde en respect. Lucian et Emma avaient été priés de reculer au fond du bureau, dos contre le mur.

Le toubib s'approcha d'Arnaud allongé sur la moquette, il ouvrit sa serviette, sortit des ciseaux et découpa le pantalon. La balle était sortie sans toucher l'artère. Il poussa un soupir de soulagement.

— Vous avez eu beaucoup de chance, cet idiot aurait pu vous tuer !

— Prendre une balle, vous appelez ça de la chance…

— Prendre une balle qui ne vous tue pas, c'est ça, avoir de la chance…

Le toubib se tut et se concentra sur son travail, il fit une anesthésie locale avant d'aseptiser et de recoudre les deux plaies.

— Voilà, ne faites pas d'effort avant deux jours…

Farrell soupira.

— Merci Doc, je vous revaudrai ça !

— Nous sommes déjà en compte, Zacharie, il faudra penser à me régler.

— Je sais honorer mes dettes !

— Je n'en doute pas une seconde ; ceci étant, la semaine dernière, je suis venu recoudre une mauvaise estafilade au rasoir sur la joue de Duss, ce soir, une blessure par balle… Va falloir calmer le jeu si vous voulez que je continue avec vous !

Farrell l'interrompit, agacé.

— Je vais remettre de l'ordre, ne stressez pas !

Le toubib ne parut pas convaincu.

— Vous vous souvenez de mon opinion concernant votre factotum ?

— Ce ne sont pas vos affaires, Doc !

— Ce soir, il me semble que si…

Le métis se rapprocha, il le haïssait ce toubib qui disait qu'il était malade et qu'on devait le soigner, voire l'enfermer. C'est vrai que ces derniers temps, il était plus violent qu'à l'habitude et qu'il y prenait plus de plaisir. Il avait tiré sur Arnaud par pure vengeance, il le savait qu'il n'était pas armé. Mais ça le démangeait de le punir, de lui faire payer l'humiliation et lui montrer qui finalement était le plus fort. Le toubib entendit venir Duss dans son dos, il se tut, haussa les épaules, rangea sa trousse et prit congé.

Arnaud se leva, sa jambe sous anesthésie ne le faisait plus souffrir. Farrell le stoppa en levant son automatique.

— Restez où vous êtes et asseyez-vous !

— Allons, rangez cette arme, vous n'en avez plus besoin, on a intérêt à se serrer les coudes pour affronter Matteotti.

— Vous ne m'avez pas compris, mon garçon… Je ne suis plus de la partie. Emma et moi, c'est terminé, je la garde jusqu'à demain matin onze heures… après, je la livre et m'en lave les mains !

— Vous ne pouvez pas faire ça…

— Je préfère perdre de l'argent que la vie !

Duss leva le doigt, Farrell hocha la tête.

— Patron, le Rital… pardon, Matteotti n'a pas intérêt à venir semer le bordel à la Principauté…

— Et pourquoi ça, tu es devin ?

— J'ai été des leurs, je sais comment ils fonctionnent !

— Admettons, est-ce qu'Emma vaut le risque de défier l'Italien ?

— Vous m'avez dit vous-même qu'elle vous rapportait un maximum d'argent…

— C'est pas faux… mais ce n'est pas le plus important dans cette affaire…

— Quand même !

— Ce qui est grave, c'est que Matteotti se croit chez lui en Andorre…

Farrell envoya Arnaud rejoindre Emma et le militaire au fond de la pièce. Ce dernier prit une chaise et s'assit, guettant le moment de repasser à l'action. Il n'était pas du genre à abandonner la partie. La tension était à son comble. Ils s'assirent sur le canapé du fond, et se serrèrent l'un contre l'autre.

— Je suis désolée, Arnaud…

— Je vais nous tirer de là !

— J'ai peur pour Abby…

— Comment faire pour la récupérer ? Il faut prévenir la police…

— Pour ça, il faut sortir d'ici.

À voix basse, Lucian s'interposa.

— Si on prévient les flics, on ne reverra jamais Abby…

Emma se figea, ses traits se durcirent, la souffrance la transformait.

— S'ils touchent un cheveu de ma fille, je…

— Taisez-vous ! vociféra Duss.

En faction devant la double porte qu'il avait pris la précaution de verrouiller, il n'attendait qu'un ordre de son patron pour ligoter les trois gêneurs et prendre sa dîme avec la putain du boss.

Farrell s'adressa à Emma. Il avait repris toute sa suffisance.

— Tu vois ce qu'il se passe quand on quitte ma protection !

Elle leva la tête, ne baissa pas les yeux.

— S'il arrive quelque chose à Abby, je vous tuerai, Farrell.

Sa voix était si dure, si froide que Farrell eut un frisson glacé qui lui traversa l'échine.

— Holà, calme-toi… Ce n'est plus moi qui m'occupe de ta fille… C'est Matteotti… et même si je le voulais, là où elle est, je ne pourrais pas la protéger…

Emma blêmit, c'est Arnaud qui répondit.

— Leur protection, maintenant, c'est moi qui m'en charge.

Farrell éclata de rire.

— Bon Dieu, mais vous vous croyez où, vous croyez quoi ?

— En Andorre, et qu'il vaudrait mieux nous libérer si vous ne voulez pas avoir de sérieux ennuis avec la police…

— C'est ça, et bon prince, je vais régler la note sud-africaine à votre place ?

— Qu'est-ce qui vous en empêche ? Matteotti est à Rome, ici, vous êtes intouchable…

Duss haussa les sourcils et son patron se redressa.

— Intouchable, sûrement pas… même si la police est à ma botte…

— Qu'est-ce que vous allez faire ?

Farrell prit une longue inspiration.

— Rien jusqu'à demain matin…

— Sacré plan, courageux…

Il était trois heures, la tension nerveuse, la fatigue marquaient les visages. Farrell regarda sa montre.

— Ça me laisse huit heures pour chercher un moyen de contrer ce panier de crabes de Ritals, mais je n'y crois guère !

— Et si vous ne trouvez pas ?

— À 11 heures, je ferai sortir Emma du Trinqueta, mes vigiles l'amèneront sous bonne garde devant l'entrée du Pub.

— Et Abby ?

Il regarda Emma.

— Mes hommes feront l'échange, je m'occuperai de ta petite…

Elle eut un gémissement de tigresse et bondit. Arnaud la retint par le bras. Elle hurla :

— Vous ne vous occuperez de rien du tout, vous êtes un sale type, je n'ai pas confiance en vous !

— Moi, j'ai eu confiance en toi, il ne fallait pas me trahir !

Elle se tourna vers Arnaud qui, impuissant, lança plus pour elle que pour Farrell :

— Ne panique pas, avec Lucian, on les obligera à nous rendre ta fille sans rien en échange…

— Holà, le faux toubib, on voit que vous ne connaissez pas ces gens-là…

Le militaire intervint.

— Moi, je les connais les mafieux, ils ne sont pas à l'épreuve des balles, et moins ils se font remarquer, mieux ils se portent… On verra ça demain.

— Vous ne verrez rien du tout, ils embarqueront Emma, libèreront Abby, en sachant qu'ils peuvent la récupérer quand ils veulent.

Arnaud prit les mains de son amoureuse dans les siennes. Elles étaient glacées.

— Je mettrai ta fille en sécurité… Et…

Farrell se leva.

— Et quoi, que ferez-vous à part vous faire trouer la peau ?

— Si je ne peux pas les empêcher de t'emmener, je te retrouverai, je te le jure !

Emma eut un sourire désabusé devant la naïveté de son amant.

— Protège ma fille, moi, je saurai me préserver, ces chiens ne me connaissent pas encore.

Arnaud devint livide. Farrell haussa les épaules, prit un coupe-papier sur son bureau.

— Je vais vous rendre un grand service, il n'est pas question de vous laisser jouer au justicier aux portes de mon Pub !

— Comment ça ?

— Vous resterez ici en attendant que l'échange soit terminé !

— Vous n'avez pas le droit !

Farrell haussa les épaules, posa le coupe-papier et appela la sécurité. Quinze minutes plus tard, trois hommes débarquèrent, armés de shockers électriques moins dangereux que des armes létales. Il leur donna des instructions précises.

— Il est tard… Un de vous se repose pendant que les deux autres les surveillent, vous ne leur parlez pas, vous ne leur répondez pas, juste le strict nécessaire, et les shockers, vous vous en servez en dernier recours.

Il se retourna vers ses prisonniers.

— Ne faites pas les malins, ces engins vous envoient un arc électrique de quatre millions de volts. À bon entendeur…

Il hésita avant de partir.

— Emma, tu as tout gâché…

Il sortit, accompagné par Duss qui le suivait comme son chien. La matinée serait extrêmement dangereuse et Farrell avait besoin de réfléchir. Se plier aux exigences de Matteotti sans réagir serait une humiliation sans nom… la preuve d'une grande faiblesse, et ça donnerait des idées aux racketteurs de tout poil à l'affût de nouveaux territoires. Il ne s'y résoudrait qu'en toute dernière solution. Il avait une idée derrière la tête, son esprit retors marchait à plein régime.

— Duss, tu penses quoi de cette affaire ?

— Ce n'est pas à Matteotti de faire la loi chez nous, voilà ce que je pense !

Farrell l'envoya se coucher.

— 7 h 30 précises en salle de réunion… Tu convoques tous les gars de la sécurité dont tu es sûr, on a des choses à voir !

Duss ne répondit pas, il secoua la tête avec un sourire carnassier.

<h1 style="text-align:center">14</h1>

À la fermeture du bar, Miguel rejoignit son père dans le taxi. Il faisait froid, Luis n'avait pas mis le moteur de peur d'attirer l'attention.

— Rentre à la maison, fils…

Miguel ne se fit pas prier.

Trois heures du matin, Arnaud n'avait pas réapparu et son téléphone ne répondait pas. Luis appela Djuran, toujours dans le Dodge, qui lui dit de patienter jusqu'au jour.

La fin de nuit dans le bureau fut difficile pour les captifs, le sommeil long à trouver.

Le jour se leva sur un ciel gris et chargé de gros nuages de neige. Jour blanc pour la station. Duss, après la réunion de 7 h 30 avec les hommes de la sécurité, fulminait contre son patron qui n'arrivait pas à se décider ni à monter un plan pour empêcher Matteotti de s'emparer d'Emma. Il donna ses ordres et rejoignit les prisonniers et surtout sa prisonnière.

Vêtu de noir, la crosse du colt dépassant de son étui de ceinture, il avait l'allure qu'il aimait avoir en entrant dans le bureau de Farrell.

— Alors, soldats, rien à signaler ?

— RAS, Monsieur…

— Parfait…

On sentait chez lui l'habitude de commander et chez les hommes celle d'obéir. Il regarda les prisonniers avec ce mépris des vainqueurs sur les vaincus. Il s'attarda sur la jeune femme qui se leva.

— Duss, j'ai besoin de me laver…

Il prit un peu de temps avant de la jouer magnanime et de permettre à Emma de se doucher dans la salle de bains du bureau. De grandes glaces sur les murs de marbre, des photos en sous-verre représentaient Farrell sous son meilleur jour. Emma se déshabilla, ça lui fit du bien de quitter son jean, ses sous-vêtements qu'elle savonna, rinça dans le lavabo et fit sécher sur le radiateur chauffant. Le métis médusé resta sur le seuil, les yeux lui sortant des orbites. Elle se doucha comme s'il n'existait pas et cela l'excita à lui faire mal.

Les miroirs lui renvoyaient les formes de la jeune femme en mouvement sous le jet d'eau. Cette catin lui faisait envie, il était sûr qu'elle n'était pas indifférente à sa virilité, que sa démonstration de force de la veille lui avait plu. Il saurait la mater encore.

Ce fut à cet instant qu'il décida de trahir. Il lui fallait trouver un moyen de soustraire Emma à Farrell d'abord, à Matteotti ensuite. Il comprenait que son boss ne pesait pas si lourd que cela, qu'il n'était qu'un caïd de seconde zone, incapable de protéger ses troupes. En fait, il était prêt à tout pour garder la femme, pour la voir à nouveau à ses genoux. Alors, si près du but, la livrer à Vittorio Matteotti n'était même pas envisageable. Elle demanda une serviette, Duss la lui apporta, un sourire aux lèvres. Il la détailla des pieds à la tête.

— Toi, tankée comme tu es, je ne vais pas te louper…

Elle ne répondit pas, ne baissa pas les yeux.

.

À 10 h 30, Zacharie Farrell, la mine et le costume sombres, entra, suivi de deux vigiles pour assurer la relève. Il demanda à Emma et à ses gardes-chiourmes de la nuit de le suivre. Le métis s'avança, il voulait participer à l'échange, il sentait que s'il y avait une opportunité à saisir, ce serait à ce moment-là. Sauf que son patron n'avait plus confiance, l'épisode du colt Derringer lui avait ouvert les yeux sur la dangerosité de son chef de la sécurité. Il le stoppa dans son élan.

— Toi, tu restes, tu les surveilles, Je veux retrouver tout le monde vivant et en bonne santé, est-ce assez clair ?

L'intéressé baissa la tête comme un gamin et s'intéressa aux dessins de la moquette.

— Je te laisse Emil et Segundo, les meilleurs de la maison. Ah, Messieurs les empêcheurs, au cas où il vous viendrait de mauvaises idées, Emil est armé…

Farrell leva le menton vers l'Ukrainien, qui écarta son blouson et sortit une arme de son holster, Lucian reconnut un Beretta.

— Et pour plus de sécurité, on va vous attacher !

Segundo, un grand noir bodybuildé, le visage scarifié, sortit des pinces de son blouson et menotta les deux gêneurs, mains derrière le dos.

Dès que Farrell eut refermé la double porte du bureau derrière lui, Duss changea d'attitude et lâcha un chapelet d'injures. Il reprit son souffle, pointa son doigt.

— Emil, Segundo, je vous laisse, vous ne déconnez pas, je reviens !

— Mais le patron a interdit…

— Pour l'instant, ton patron, c'est moi !

Duss se dirigea vers la sortie. L'Ukrainien jura, haussa les épaules d'impuissance et s'assit sur le coin du bureau de son boss. De-là, bien calé, le Beretta entre les jambes, il pouvait surveiller ses prisonniers.

Les deux amis se regardèrent, ils ne brillaient pas, Arnaud le pantalon déchiré plein de sang, les deux en rage de s'être laissé avoir comme des débutants. Ils étaient assis contre le mur du fond, trop loin d'Emil et de son arme, ils n'avaient aucune chance de pouvoir passer à l'attaque. Lucian demanda à aller aux toilettes, Segundo, qui le couvait des yeux depuis son arrivée, l'accompagna en roulant des épaules.

On entendit le militaire demander qu'on lui retire les menottes, le bruit de la chasse d'eau, un gémissement. Deux minutes après, il revint, seul, les mains dans son dos comme si elles étaient encore menottées, un sourire décontracté et rassurant aux lèvres. Il marcha sur Emil qui se leva d'un coup et qui aboya, le colt levé :

— Stop ! Tu t'arrêtes, où est Segundo ?

— Ne t'inquiète pas, Emil… ton copain a eu envie de se soulager !

— Comment ça ?

L'Ukrainien ne vit pas arriver le coup. Lucian, qui s'était approché, se décala, son pied se leva, en un éclair, cogna le canon du Beretta qui vola au travers de la pièce. Le temps qu'Emil comprenne, Lucian, en combattant rompu à ce genre de situation, récupéra l'arme et la retourna contre le vigile qui pâlit.

— Si tu bouges, tu ne bougeras plus jamais, est-ce clair ?

Emil hocha la tête et leva les mains, il n'était pas dans ses attributions de se faire trouer la peau. Le militaire le poussa vers les toilettes.

— Qu'est-ce que vous avez fait à Segundo ?

— Te fais pas de souci, il dort…

Dans les toilettes, menotté au radiateur, Segundo, le front en sang, se réveillait difficilement de son KO. Emil ragea d'impuissance.

— Vous y avez été fort…

— Désolé pour ton copain, j'ai dû forcer la dose…

— Sans blague !

Emil tendit ses poignets et, en grognant, se laissa attacher. Lucian mouilla une serviette-éponge et la jeta à l'Ukrainien.

— Réveille-le…

— Vous en avez de bonnes, vous avez vu le morceau !

— Fais avec… Soyez sages, les filles !

De retour dans le bureau, le militaire vérifia le Beretta, le chargeur était plein, et délivra son ami qui bouillait d'impatience.

— Maintenant, Arnaud, va falloir la jouer fine, tu préviens Djuran qu'on arrive et qu'on va passer à la Jeep récupérer du matériel…

Arnaud grimaça, sa jambe lui faisait mal, mais c'était supportable, il était prêt à en découdre, il appela Djuran qui sommeillait, allongé à l'arrière du Dodge.

— Ah, je me suis fait du mouron à ne pas vous voir rappliquer cette nuit !

— Ben, on n'a pas eu le choix !

— Emma est avec toi… et Abby ?

— Non, elle est toujours avec Farrell, je t'expliquerai.

— Elle va bien ?

— Je t'expliquerai…

— Tu m'inquiètes, et Lucian, c'est vraiment ton pote ?

— Il est là, on se prépare à sortir !

— Ok, traînez pas, je vous attends…

— On va faire le max, c'est très chaud ici… En attendant, gare-toi discrètement le plus près possible du Pub.

— Ça va barder ?

— Ça devrait !

Les deux amis sortirent du bureau sans être inquiétés, le bâtiment semblait désert. Ils se retrouvèrent dans le bureau du rez-de-chaussée.

Le vigile adossé au classeur, bâillonné, menotté, sursauta. Le militaire lui mit un coup de pied dans les côtes et lui souleva son bâillon.

— Si tu me jures de ne pas me la jouer à l'envers, je te détache !

Le gars hocha la tête en émettant des grognements qu'on pouvait prendre pour positifs.

— J'aime les gens coopératifs !

Lucian lui jeta les clés des menottes ; en deux temps, trois mouvements, le vigile se libéra.

— Désape-toi !

— Mais…

— Pose tes fringues !

— Qu'est-ce que vous voulez ?

— N'imagine pas avoir le choix, grouille, on est pressé !

— J'enlève quoi ?

— Tout !

— Vous êtes cinglés !

— Garde ton caleçon si tu en as un….

Arnaud mit la chemise, la veste et le pantalon, il était soulagé de se changer. Il regarda son jean déchiré, taché, et se dit qu'il jouait un jeu dangereux dans une cour qu'il ne connaissait pas. Il eut du mal à nouer la cravate. Il termina le déguisement en enfonçant au ras des sourcils la casquette au blason de l'agence de sécurité.

Lucian menotta le vigile au bureau et enfila la parka siglée. De loin, les deux compères donneraient le change. En caleçon, le vigile tremblait de peur et de froid.

— Vous n'allez pas me laisser comme ça !

— Pourquoi, t'as un rendez-vous ?

— Qu'est-ce qu'il se passe là-haut ? J'ai entendu un coup de feu !

— Si tu tiens à ta peau, ne cherche pas à te libérer trop vite, parce que là-haut… ça va chauffer… C'est quand ta relève ?

— Dans une demi-heure !

— Ça nous suffira !

15

Les deux amis sortirent en verrouillant la porte derrière eux, traversèrent prudemment la cour et se retrouvèrent dans la rue du Docteur Nequi. Arnaud bouillait, enrageait.

— Comment on va faire pour Abby ?

— Ils ne la toucheront pas tant qu'ils n'auront pas la mère. Arnaud haussa le ton.

— Ça me dit pas comment on va la sortir de là !

— Je cherche, c'est compliqué…

— Explique, parce que si c'est ne rien tenter, ça ne m'ira pas !

Le militaire ne répondit pas tout de suite, il hésita avant de lancer :

— Il faut récupérer Abby et Emma au moment de l'échange.

— C'est le plus dangereux…

— Je sais… et on aura peu de temps… mais après, ce sera trop tard.

— Les Matteotti ne vont pas se laisser faire !

— On aura l'effet de surprise…

— Et la rage, mon Lucian… Je suis prêt à y laisser ma peau pour les tirer de là !

— C'est pas dans mes plans, et tu vas mettre un gilet pare-balles…

— Tour ce que tu veux pour les emmener loin de ces fous !

— Si on réussit, Farrell n'aura pas les couilles de venir la chercher ; en revanche, pour Matteotti, ça risque d'être compliqué, mais on n'a pas le choix !

— Et Duss ?

— Quoi Duss ?

— Cet enfoiré de psychopathe, tu as vu comme il regardait Emma, il est capable de n'importe quelle connerie…

—J'ai vu, il ne simplifiera pas les choses... Pendant l'échange, j'aurai quelques secondes pour mettre la pagaille, tu me couvriras !

— Explique-moi, s'il te plaît, parce que...

— On va commencer par se rapprocher des mafieux... ils sont sûrs d'eux, ne s'attendent pas à ce que Farrell ni personne ne les attaque... de plus en pleine ville !

— C'est notre seul avantage...

— Habillés comme on est, on s'approchera avant qu'ils ne réagissent...

— Ce sont des pros, Lucian, ça les trompera pas !

— Pour arracher Abby du 4x4 et récupérer Emma, je ne vois pas comment faire autrement.

— Ok, je te fais confiance...

— Tu n'es pas obligé de m'accompagner, je peux me débrouiller !

— C'est ça... rêve, je ne lâcherai pas l'affaire !

Arnaud secoua la tête, tapa du doigt sur la montre de son ami.

— Faut pas traîner, il est presque 11 heures...

Les deux hommes remontèrent jusqu'au parking. Il faisait froid, on sentait la neige. Ils allèrent directement à la Jeep. À l'arrière, dans une malle cadenassée entourée d'une toile, Lucian sortit deux grenades qu'il accrocha à sa ceinture, un fusil à pompe, un pistolet, des chargeurs, son couteau commando et deux gilets pare-balles.

— Tu me donnes quoi ?

— Mets le gilet, tu prendras le fusil de ton père...

— Ok, passe-moi une grenade !

Lucian, surpris, hésita.

— Tu sais t'en servir ?

Il y eut un grand silence avant qu'Arnaud ne réponde d'une voix ferme :

— Tu m'apprendras…

Ils rejoignirent le Dodge planqué derrière une camionnette à 50 mètres du Pub. Djuran descendit à leur rencontre. Il avait les yeux rouges de fatigue, il eut un moment de surprise en découvrant les armes.

— Putain, c'est la guerre ! Où est Emma ?

— Chez Farrell, il va la livrer aux Boroug à 11 heures !

Le Serbe bondit.

— Comment, les frères sont là ?

— Non, pas eux… leurs complices, les mafieux ont pris le relais !

— Bon Dieu, j'y vais !

— Tu vas y aller, mais avant, on va t'expliquer.

Les trois hommes grimpèrent dans la cabine, sur la banquette avant. Lucian raconta rapidement les péripéties de la nuit et distribua les rôles.

— Toi, Djuran, tu restes au volant, moteur en marche. Il faudra nous couvrir et nous récupérer en vitesse.

— Pas de problème.

— Tu prends le fusil à pompe, tu ne joues pas les héros, ça arrose large, mais pas loin, 30 mètres maxi, par contre, c'est dissuasif…

— Te fais pas de souci, je connais…

— Alors, tu n'hésites pas, tu canardes.

— Puisqu'on en est là, je vais te donner de quoi ! ragea Arnaud avant de sortir une boîte en métal de sous la banquette.

Il la posa avec fracas sur le tableau de bord. Jamais il n'aurait cru devoir s'en servir. Il l'ouvrit, sortit une poignée de cartouches qu'il mit dans sa poche. Il en garda deux pour charger le fusil de son père et montrer les culs cuivrés qui luisaient dans la pénombre.

— C'est du plomb à mon père !

Lucian hocha la tête.

— Tu sais que c'est une munition interdite !

— Au point où on en est…

— On ne va pas se gêner, ajouta Djuran.

En quelques instants, il chargea le fusil à pompe avec une dextérité qui en disait long sur sa connaissance des armes. Il engagea la dernière cartouche, releva la tête et lança à Arnaud :

— De la bonne chevrotine à 9 grains pour sangliers !

— Elles ne sont pas d'aujourd'hui, mais sois tranquille, elles fonctionnent.

— C'est exactement ce qu'il me faut, répondit le Serbe en verrouillant le fusil d'un coup sec.

À 11 heures moins deux, Farrell et une dizaine d'hommes sortirent du Trinqueta, ils entouraient Emma. Elle avait les traits tirés, le visage fermé, fatigué, mais empreint de cette fierté des victimes consentantes qu'on pousse vers l'échafaud. Elle portait un manteau de couleur vive, on ne voyait qu'elle au milieu des vigiles. Farrell ne l'avait pas affublée de ce manteau par hasard, il tenait à ce qu'on la voit, et on la voyait. Les envoyés de Matteotti ne pourraient douter de sa présence.

La troupe se dirigea vers le Pub. Ils avaient 200 mètres à parcourir. Les vigiles étaient tous en trois quarts sombres, les bosses de tissu et les bouts de canons luisant sous les parkas à chaque pas trahissaient le côté tranquille des vêtements de montagne.

— Ils ont sorti l'artillerie lourde, commenta Lucian, planqué derrière le pick-up.

On les sentait concentrés, sur leurs gardes, Farrell les briefait sur la mission du jour. Sur son ordre, ils se répartirent deux par deux sur les côtés du perron. Emma resta seule, bien en vue au milieu et sur la dernière marche. Il faisait froid, elle serra ce manteau trop court autour d'elle, croisa les bras pour en garder la chaleur. Son visage au-dessus du col, ses mains dépassant des manches avaient cette pâleur des statues de marbre. Farrell la regarda et ne put s'empêcher de l'admirer.

Cette femme avait plus de courage que tous les hommes réunis autour d'elle. Pourtant, ils auraient tous risqué leur vie pour la protéger. Farrell s'en était rendu compte au briefing du matin quand il les avait informés de son intention de céder à Matteotti et programmé l'échange. Des voix s'étaient élevées, soutenues par Duss.

— Patron, si on se laisse enc… une fois !

— Je sais ce que j'ai à faire…

— De plus, jamais vous retrouverez une avocate de cette trempe !

— Personne n'est indispensable… mais je n'aime pas ce précédent avec Matteotti !

— Sûr qu'il va en profiter, c'est pas le genre à laisser traîner un os derrière lui…

— On verra, pour l'instant, tu distribues les gilets et les armes…

— Avec les gars, on est tous d'accord, un ordre de vous et on les défonce ces enc…

11h07. Sur le perron, le froid mordait le visage d'Emma. La neige commença à tomber en petits flocons et le béton des marches changea de couleur.

À 11 h 10, un Land Rover gris foncé couvert de poussière apparut en haut de la rue. Il roulait au pas et passa sans s'arrêter. Les vitres teintées étaient à moitié baissées, laissant entrevoir quatre cerbères vraisemblablement armés jusqu'aux dents. Le 4x4 freina au bas de la rue, fit demi-tour et stoppa. Un fourgon noir, avec deux types à l'avant, sortit de l'ombre d'une rue transversale, et prit la tête. Les deux véhicules remontèrent lentement la rue. Le fourgon s'arrêta devant l'entrée du Pub, le Land gris vint se coller à son pare-chocs arrière.

La vitre du passager avant descendit à moitié. Un mafieu à capuche, le regard soupçonneux, s'assura que les vigiles de

Farrell ne bougeaient pas. Il hocha la tête, grogna un ordre et la portière latérale du fourgon s'ouvrit sur un homme au crâne rasé, assez petit pour se tenir debout. Il s'effaça et on aperçut Abby assise au centre de la banquette arrière. Son gardien, après avoir déverrouillé sa ceinture de sécurité, la prit par son blouson et la fit lever.

Quand la jeune fille apparut dans l'encadrement de la portière, le temps s'arrêta. La neige se mit à tomber plus fort, plus blanche. Abby releva la tête et fit un signe de la main à sa mère qui fondit en larmes et hurla :

— Je suis là, Abby… ma chérie, c'est moi… c'est fini !

Il y eut un grand silence, rompu par un hurlement du garde, et Abby, un collier au cou relié à une longe de cuir, descendit sur le trottoir. Le nabot se pencha, accrocha la laisse au siège et fit signe à Farrell d'amener celle qu'il était venu chercher. Tout était en place pour l'échange.

La petite devait se tenir contre la carrosserie pour ne pas être étranglée.

Emma voulut se précipiter vers sa fille, mais Farrell l'en empêcha.

— Reste là, qu'on s'assure qu'il n'y ait pas de piège…

Et il demanda à deux de ses vigiles de descendre les escaliers et de surveiller l'échange de près.

Plus haut dans la rue, Lucian et Arnaud, profitant de l'attention des mafieux verrouillée sur les mouvements des vigiles de Farrell, sortirent du parking du Pub et s'approchèrent d'un pas qu'ils voulaient tranquille. La neige tombait de plus en plus et se collait sur les vitres des autos, masquant en partie leur approche.

Sur le perron, Zacharie Farrell s'était approché d'Emma et la tenait fermement par la manche de son manteau. Il hésitait, cela le rendait fou d'être manipulé devant ses hommes par les sbires de Matteotti. Elle le supplia.

— Laissez-moi rejoindre ma fille !

— Tu iras quand je te le dirai !

— Mais enfin, Monsieur Farrell, que craignez-vous ?

Il ne répondit pas, son visage se crispa, il. lui serra le bras à lui faire mal.

— Lâchez-moi !

— Tais-toi !

Emma se jeta à ses pieds.

— Monsieur Farrell… Je vous en prie !

Ce fut à cet instant précis qu'il se retint de donner l'ordre de tirer pour récupérer Abby et faire un doigt d'honneur au mafieux. Il avait l'habitude d'être le patron, le chef, celui qui commande et force le respect. Depuis le coup de fil de Matteotti, il avait la désagréable impression d'être soumis, impuissant. Le visage de sa mère traversa son esprit comme une onde douloureuse. Il poussa Emma et lâcha d'une voix basse chargée de haine et d'impuissance.

— Va te faire baiser !

Elle ne répondit pas, elle n'avait d'attention que pour Abby. Elle descendit les escaliers du perron en courant. La neige redoublait d'intensité. Elle prit sa fille dans ses bras, tira sur la longe pour la libérer. Le chauffeur fit ronfler le moteur, le nabot hurla.

— Touche pas à ça ou on démarre !

— Maman, emmène-moi !

Abby était terrorisée, son visage d'enfant mouillé de larmes, ses yeux rouges témoignaient de la violence qu'elle subissait.

— Tu vas être très courageuse, mon amour, je dois partir quelques jours, mais…

Elle s'accrocha à sa mère.

— Maman, ne me laisse pas, maman !

— Je reviendrai, je te le promets, Abby ma chérie, je t'aime !

— Maman, qu'est-ce qui se passe ?

— Salomé et Djuran vont prendre soin de toi !

La gosse éclata en sanglots et tira sur la fermeture du collier.

— Je veux pas que tu partes, enlève-moi ça…

— Dès que je serai dans l'auto, tu seras libérée…

— Ne pars pas… Maman !

— Je t'aime ma chérie, je reviens vite…

Le crâne rasé s'impatienta.

— Dépêche, on n'est pas d'ici !

Il sortit à moitié du fourgon, prit Emma par les cheveux et la força à monter. Elle se laissa faire, lâcha Abby en suppliant qu'on libère sa fille. Le nabot se pencha, mais au lieu de relâcher la longe, il la tira à lui et appuya sur le bouton de fermeture de la portière.

Ce fut le moment que choisit Duss pour sortir du Pub. Le regard fou, le colt Derringer à la main, il dégringola les marches et se précipita vers les autos des mafieux. La porte latérale du fourgon s'arrêta avant la fermeture complète, la longe s'était coincée dans la rainure. Le nabot jura et essaya de la dégager.

Lucian se dit que les planètes s'alignaient, il ne se présenterait pas d'autres meilleures occasions. Il leur restait une dizaine de mètres à parcourir.

— Arnaud, occupe-toi du chauffeur du fourgon !

Le militaire courut, sortit son couteau et plongea sous le 4x4. Il réapparut vers Abby, avant que le métis ne les rejoigne. Protégé par la portière latérale à moitié fermée, il la prit dans ses bras pour la soulager de la tension de la longe qu'il commença à couper.

— N'aie pas peur…

Duss, qui hurlait en bulgare, profita du flottement du nabot et se précipita dans l'ouverture de la portière. Il saisit la main d'Emma et la tira hors du fourgon. Elle tomba dans ses bras. Un coup de feu partit de l'intérieur, Emma et Duss chancelèrent. Le métis recula et riposta deux fois, coup sur coup, les vitres de côté blanchies par la neige se couvrirent de sang. Le nabot et le type à l'avant s'effondrèrent. Duss s'enfuit en traînant Emma avec lui.

Dans le même temps, Arnaud cassa la vitre du chauffeur avec la crosse de son fusil et s'agrippa solidement au volant.

Le truand se baissa pour se protéger des éclats de verre, lâcha l'embrayage et le fourgon fit un bond. Arnaud, la main bloquée sur le volant, l'emmena sur le trottoir avant de tout lâcher pour se mettre à l'abri. Abby, le collier autour du cou, fut arrachée des bras de Lucian et traînée sur une dizaine de mètres avant que le cuir ne cède. Le fourgon descendit du trottoir, évita un poteau et accéléra. Djuran, qui n'attendait que cela, sortit en trombe du parking et se mit en travers de la rue. Arnaud sauta du marchepied avant que le fourgon ne percute violemment le gros Dodge.

Le Serbe comprit vite où était sa sauvegarde et s'échappa par la portière opposée. Protégé par le moteur, il appuya son arme sur le capot et tira trois fois de suite. Sous la rafale de plombs, le pare-brise du mafieux explosa, l'airbag se dégonfla et de la fumée sortit du moteur qui cala. Le chauffeur, un black athlétique, touché au visage par les éclats de verre, descendit du fourgon un 38 à la main et se mit à l'abri derrière sa portière en tirant sur tout ce qui bougeait.

Sur le perron, dès le début de la bagarre, les vigiles et leur patron s'étaient abrités derrière les grosses colonnes en marbre. On ne voyait dépasser que les canons des armes. Mais quand les quatre hommes du Land Rover se mirent à tirer pour sortir du piège, une colère aveugle envahit Farrell. Il n'arrivait pas à y croire, on l'attaquait chez lui, sur son territoire. Il tenait enfin une bonne raison de se rebiffer. Les balles sifflaient, il hurla :

— Tirez, abattez-moi ces chiens !

Un dixième de seconde plus tard, les impacts fleurirent sur les tôles du Land, les vitres explosèrent, l'auto fit un bond en avant. Les silhouettes disparurent, le moteur s'arrêta.

Toujours planqué derrière sa portière, le visage en sang, le chauffeur du fourgon rechargea son 38 et ajusta le gitan par-dessus la portière. Il eut le tort de lever trop lentement son arme. Le Serbe n'attendait que ça, il tira, le noir recula sous les impacts et s'écroula.

Un grand silence remplaça le bruit des détonations.

Farrell attendit avant de s'avancer prudemment à découvert.

Djuran se précipita vers Abby et colla son oreille sur sa poitrine. Il n'entendit que les battements de son propre cœur et commença un massage cardiaque. Lucian demanda :

— Elle est vivante ?

Djuran redoubla d'efforts et lança :

— Ne t'arrête pas, il faut retrouver Emma avant que ce salopard foute le camp !

Le baroudeur se lança à la poursuite du métis. Arnaud, la haine au ventre et au cœur devant l'enfant blessée, le suivit.

Sur le perron du Pub, Farrell rassembla ses hommes et hurla :

— Tout le monde rentre, avant que les flics débarquent. Exécution !

Droit dans ses bottes, martial, mais la pâleur au front, Zach le Grand réintégra le Pub avec son équipe. Ses vêtements sentaient la poudre et la peur. Il se savait dans une situation délicate.

— Bon Dieu, le Rital ne va pas apprécier, je lui expliquerai que c'est sa troupe de fumiers qui a commencé.

Duss tenait Emma par la taille, malgré sa force, elle le freinait. Il se retourna et tira au jugé sur ses poursuivants. Son colt à 4 coups n'était pas une arme précise, il n'empêche que c'était ce type d'arme qui tua Abraham Lincoln. La balle se perdit, mais obligea le militaire et Arnaud à ralentir. Emma trébucha, échappa aux bras de Duss et tomba à plat ventre sur les pavés du parking. Le métis se pencha sur elle, la retourna et découvrit sous le manteau ouvert le chemisier plein de sang.

— Tu es blessée… Lève-toi, je vais te soigner !

Elle ouvrit les yeux, le regarda avec un sourire douloureux.

— Non… C'est fini pour moi !

Duss, le visage livide, se redressa, tira encore en direction de ses poursuivants et s'enfuit en courant. Lucian savait que son arme était vide. À découvert, un genou à terre, il le mit en joue et tira. Le grand métis fut projeté en avant, se rattrapa et réussit à se cacher derrière un gros SUV allemand stationné à la sortie nord du parking. Il s'écroula plus qu'il s'assit sur le marchepied avant, récupéra deux cartouches dans sa poche et rechargea son arme.

Quand Arnaud arriva, il découvrit le chemisier ensanglanté, l'extrême pâleur du visage d'Emma Il s'agenouilla, se pencha pour l'embrasser. Il sentit le souffle de son amante, la pression de ses lèvres glacées sur les siennes. Il la redressa, la prit dans ses bras. Elle avait du mal à parler, elle accrocha son bras.

— Tu l'as sauvée, dis-moi, tu l'as sauvée ?

Il hésita, il avait vu la petite accrochée à son collier, être soulevée de terre et tomber lourdement avant d'être traînée sur le trottoir. Il ne voyait pas comment elle avait pu en réchapper. Emma eut un soubresaut de douleur, il posa le fusil de son père sur le bitume.

— Ta fille est en sécurité, Djuran est près d'elle, les secours s'en occupent !

Elle eut un grand soupir et souffla.

— Oh, Dieu soit loué, tu prendras Abby avec toi !

— Ne dis pas de bêtise, tu vas t'en sortir.

— Non, Arnaud, pas cette fois… Promets-moi de t'occuper d'elle…

— Mais…

— Toi, mais aussi Salomé et son mari… Il faut un couple pour mon enfant, un papa et une maman, le sien lui a tellement manqué…

— Ne dis pas de bêtises !

— Tu lui diras que je l'aime, que je la vois de là-haut !

La sirène des flics et des pompiers se fit entendre. Sur le trottoir du Pub, Luis, que Lucian avait appelé en sortant du bureau de Farrell, s'agenouilla aux côtés de la petite et de Djuran.

— Laissez-moi faire, je suis taxi et secouriste…

— Faites attention, elle est blessée…

— Ne restez pas là, les flics vont arriver…

Emma eut un petit gémissement, devint toute molle et perdit connaissance. Sa pâleur était celle d'une morte. De douleur, des larmes jaillirent des yeux d'Arnaud. Désespéré, il enleva sa parka et la couvrit pour la protéger de la neige. Une grosse ambulance se gara à côté d'eux, trois infirmiers en descendirent. Arnaud se releva péniblement, serra contre lui le fusil de son père et partit la tête basse à la poursuite de celui qui devait payer pour tout ce carnage. Après quelques pas, il se retourna : Emma, entourée des infirmiers, ne bougeait plus.

À la sortie nord du parking, les deux protagonistes étaient face à face. Le métis respirait difficilement. À sa bouche ensanglantée, le militaire comprit qu'il l'avait touché au thorax, ses poumons se remplissaient de sang. Il fallait l'hospitaliser sans perdre une minute. Duss bipa, le gros SUV allemand battit des clignotants. Le métis se leva, s'appuya contre la portière. Lucian le mit en joue.

— Tu montes, tu redescends les pieds devant !

Duss se retourna.

— Ok, calme-toi, soldat…

— Comment sais-tu que je suis un militaire ?

— Oh ! c'est pas compliqué… À ta façon commando d'entrer dans le bureau de Farrell cette nuit.

— Ok, mais qu'est-ce qui t'a pris de tirer sur les hommes de Matteotti, tu es devenu fou ?

Duss eut un pâle sourire, un peu comme si tout ce qui l'entourait était déjà d'un autre monde. Sa voix était très basse, à peine audible.

— Oh ! je l'ai toujours été.

— Tu nous as fait un massacre…

— Fallait pas qu'ils commencent !

— Tu n'avais pas une chance de réussir…

— J'ai pas pu m'en empêcher, je voulais pas que les Ritals l'embarquent.

— C'est réussi, ils l'ont pas embarquée… mais bon Dieu, c'est pas mieux pour elle !

— C'est la première fois que je ressens ça pour une…

Il chercha le mot qui lui manquait.

— Première fois que je ressens quelque chose pour une femme…

Lucian le vit soudain d'un autre œil ; ce type nourrissait des sentiments pour Emma. Il eut presque de la pitié, ce psychopathe qui incarnait le mal absolu cachait un morceau de cœur dans sa poitrine. En d'autres circonstances, il en aurait ri. Il essaya d'en tirer parti.

— Non… amoureux ?

Duss secoua la tête, haussa les épaules, son visage se transforma subitement comme s'il se découvrait un univers inconnu jusque-là.

— Je sais pas, je connais pas ça…

Le temps était si gris que les lampadaires du parking s'allumèrent, une bourrasque de gros flocons s'abattit sur le parking. Lucian s'impatienta.

— Bon, maintenant, tu lâches ton arme, il faut savoir perdre, mon gars…

— Pas encore !

Duss se colla le canon du Derringer encore chaud sous le menton et, avec ce sourire dément qu'il affichait quand il prenait plaisir à faire le mal :

— Tu t'approches, je me brûle !

— C'est moi qui vais t'en coller une bien chaude !

— T'auras pas les couilles, je suis blessé, je ne te menace pas.

— Ton colt est vide !

— Raison de plus, pas de balle, pas de légitime défense pour toi, déjà qu'il faudra que tu expliques le carnage aux flics !

— Prends-moi pour un bleu, tu as eu le temps de le recharger…

— Possible, mais tu n'en sais rien !

Il avait raison, rien ne permettait d'affirmer que le Derringer était vide. Et tirer sur un homme désarmé n'était pas son genre.

— Fais pas l'idiot, Duss, tu as besoin d'un toubib !

— Je sais, qu'est-ce que tu crois, que c'est la première balle que j'encaisse ?

— Tu pourras pas aller très loin…

— Ça, c'est toi qui le dis !

— Tu perds trop de sang !

Le métis fit le gros dos et, avec une grimace, ouvrit la portière, monta, mit le contact, enclencha une vitesse. Lucian hésita et, avec un juron, baissa son arme ; le laisser partir était finalement le moyen le plus sûr de le condamner. Duss éclata d'un rire sourd, il s'en sortait encore, sa blessure n'était pas si grave, il savait où aller pour se faire soigner. À cette heure, par ce temps, passer la douane pour rejoindre l'Espagne ne serait qu'une formalité.

Le pied sur l'accélérateur, il emballa le moteur. Le SUV gavé d'essence bondit. Il ne fit pas un mètre… avant que ne surgisse dans les phares et les rafales de neige la silhouette d'Arnaud, le fusil à canons sciés collé à la hanche. Duss leva son colt et tira ses dernières cartouches au travers du pare-brise.

Arnaud entendit les deux balles le frôler. Il leva les canons de son arme, pensa à Emma, et appuya sur la détente pour tuer, comme on tue une bête dangereuse…

La détonation se mêla au rugissement des chevaux. Les plombs à sanglier n'eurent pas d'état d'âme, propulsés à la vitesse du son, les neuf premières chevrotines transpercèrent la calandre, dispersant en centaines de papillons l'acier du radiateur et la rage d'Arnaud. Les neuf chevrotines suivantes explosèrent le pare-brise, touchèrent Duss à la tête, emportant en rouges flocons sa cervelle de malade.

Moteur explosé, calé, le pare-chocs du SUV s'arrêta à quelques centimètres d'Arnaud qui, hurlant sa douleur, rechargea son arme et tira jusqu'à ce que la tête de Duss, plombée jusqu'à l'os, ne disparaisse du pare-brise.

Lucian s'approcha de son ami, lui retira le fusil.

— Il est mort… Faut s'occuper des vivants !

Il jeta le fusil et son pistolet dans l'auto.

— C'est fini, faut nettoyer ce cirque !

Le militaire décrocha la grenade pendue à son ceinturon et, sur le ton dur qu'il prenait lorsqu'il donnait ses ordres en opération :

— Va falloir que tu apprennes à balancer proprement ces trucs-là !

Arnaud hocha la tête, sortit la sienne de sa poche. Lucian le regarda et, joignant le geste à la parole :

— Ce n'est pas compliqué, tu tires la chevillette, tu jettes et tu cours !

L'explosion roula dans les montagnes, s'entendit jusqu'à l'ambulance où Emma et Abby, enfin réunies, main dans la main, s'accrochaient désespérément à la vie.

FIN

Du même auteur

Romans noirs

La tueuse de Manhattan (JDH Éditions)
Noire Mafia (JDH Éditions)

Romans

Nomade Louisa (EncreRouge)
La Nuit très tôt un matin (EncreRouge)
Géométrie du souvenir (Lau)

Dictionnaires

Abécédaire abracadabrantesque
Au bonheur des mots (EncreRouge)

Nouvelles

Pierrot et gros Dick le chien (Vent du Morvan)
Célestine

Théâtre

Victoire
Théano et Zoroastre (Auguste Théâtre)

À découvrir dans la collection Black Files

La deuxième plume de Franck Bel-Air

de William Techer-Perez

C'est là que je l'ai vue

de Carlo Sibille Lumia

Cadavres écrits

Collectif d'auteurs

Découvrez les autres collections de JDH Éditions

Magnitudes

Drôles de pages

Uppercut

Nouvelles pages

Versus

Les Collectifs de JDH Éditions

Case Blanche

Hippocrate & Co

My Feel Good

Romance Addict

F-Files

Les Atemporels

Quadrato

Baraka

Les Pros de l'Éco

Tierra Latina

L'Édredon

La revue littéraire de JDH Éditions

Venez découvrir les textes de la revue

**Textes et articles dans un rubriquage varié
(chroniques, billets d'humeur, cinéma, poésie…)**

Suivez **JDH Éditions** sur les réseaux sociaux
pour en savoir plus sur les auteurs,
les nouveautés, les projets…

Inscrivez-vous à notre Newsletter sur
www.jdheditions.fr
Pour recevoir l'actualité de nos nouvelles
parutions